T. S. エリオット

T.S.エリオット

・人と思想

徳永 暢三 著

102

CenturyBooks 清水書院

はじめに

本書は二〇世紀最大の詩人の一人で、ノーベル賞も受賞したT・S・エリオットの人生と詩と思想についての案内書である。彼の詩については、日本でもかなり長い間、英文学の専門家が研究してきただけでなく、日本の詩人たちもエリオットの詩について語ってきた。たとえば西脇順三郎は、第二次大戦後間もない頃『荒地《あれち》』を翻訳し、私は学校を卒業した年（昭和二七年）に、それを買って読み、非常な興味を覚えたことを思い出す。

「四月は一番残酷な月だ」（"April is the cruellest month……"）という有名な書き出しで始まるこの作品は、多くの学者によるさまざまな解釈を呼んだし、今でも呼び寄せている。

しかし、エリオットという人物については、まとまった形で面白く書かれた本がなかったのであるが、ピーター・アクロイドによる『エリオット伝』（一九八八）が出版されて、日常生活のレベルでのエリオット像がかなり明瞭になってきた。詩人エリオットに対する新たな関心が呼び醒まされたと言えるだろう。

エリオットは複雑な人物であり、その詩も平明とは言いがたいが、彼の幼年時代から晩年までを辿ることで、本書で明らかにしようとした点は、彼の性格的な面、幼年時代にすでに見られる精神的・宗教的影響、仏教も含む超越的なものへの一貫して変わらぬ志向、これまた一貫している精神的・肉体的病弱ぶり、他人に対して内心を明かすことをはばかる傾向、女性に対する感情、事務的な問題処理に見られる才能、名声に対するアンビヴァレントな心理的態度などである。そうした点を通じて人間エリオットを識ることができたのは、アクロイド、スティーヴン・スペンダー、リンダル・ゴードンなどの著書を通じてであって、私の知識を読者にも分かち合って頂ければと思い、本書を執筆することになった。

アクロイドの著書はしかし、伝記であって、詩作品を論じていない。そこで、私はエリオットの「生涯」に続いて、彼の詩を鑑賞しながら、その思想についても考えてみた。

しかし、エリオットの「思想」は、プロフェショナルな思想家やシステマティックな思想を築く哲学者の思想とはやや異なる。詩人エリオット本人にとって一番重要なのは、「思想」は具体的な詩作品という形で表現されたものであり、彼のキリスト教の中心である〈受肉〉の教義を私なりに読解してみれば、抽象的な「思想」が詩行において言葉の音楽と意味に受肉されているということになる。したがって、言葉の持つ響きと意味からなる肉体的な組織つまり詩作品から、その「思想」を抽出することは、この思想的な詩人に対する冒瀆にもなる。

詩人は究極的には、自分の書いた言葉の中にのみ存在する。そして、その言葉は民族的な伝統の中で息づいている。しかし、民族の言葉も、その言葉の中に存在する伝統も、現在に生きる人間の人生観や歴史観によって変えられる——そういう重大な点をエリオットは充分に意識していたようである。

エリオットの使った言葉は、『荒地』では多民族の言語から成る国際語であるが、彼はそうした多数の言語の中に自己を埋没させようとはせずに、彼の生活面での危機的な瞬間における強烈に覚醒した状態において、まるで蜘蛛が餌を繊細な糸でたぐり寄せるように、言葉を貪欲な意識の前に寄せ集めている感じである。

こんな言い方が不適切であるなら、過去の伝統的文学、その中に閉じこめられていた時間を、崩壊する世界という現代的（現在的）意識の平面に寄せ集めて、過去↓現在↓未来という時間の流れを立体化、空間化してみせたと言ってもよい。それが『荒地』の言葉の使い方の大きな特徴であり、現代文明の一大特徴そのものになっていると言えるだろう。

『荒地』には、エリオットの思想の芽のようなものが散在している。『四つの四重奏』の時点から振り返ってみれば、『荒地』にはそうした思想が隠されていると言えるかも知れない。

『四つの四重奏』ではキリスト教的思想が明瞭になっているが、この思想は、普通のクリスチャンが理解したり共感したりすることができるような種類のものかどうか、疑わしい。西欧の普通のクリスチャンや牧師は、古代ギリシアのヘラクレイトスの思想が、エリオットのキリスト教の中心的思想と融和していること、また、そこに仏教哲学も混入して少しも異和感を示していないことを、感じ取るかどうか疑わしい。

エリオットの超越的思想は国際的なものであり、仏教の伝統の中に生きてきた日本人にとっても理解できる面が多いと思われるのである。そうでなかったら、日本においてエリオット研究はこれほど盛んにはならなかったのではないか。

エリオットは生地セントルイスから出発し、ボストン、ハーヴァード大学を経験した後、イギリスへ渡り、島国のイギリス人を驚倒させるような詩を書き、死後は、彼が詩の中で言及し評論で採り上げたシェイクスピアをはじめ一流の英詩人と同様に、英国国教のウェストミンスター寺院にある「詩人の一隅」に碑銘板《プラーク》を飾られるという栄誉を得た最初のアメリカ出身の詩人である。

イギリス人以上にイギリス人らしい紳士として振舞ったことのあるエリオットは、しかし、母国を忘れることはできなかった。セントルイスを流れるミシシッピー河は、アメリカの国民的小説家マーク・トゥエインの精神的故郷であったが、エリオットにとっても、この河は精神の究極状態において還るべきエデンの園の意味を担っていたし、マサチューセッツ州のアン岬の沖でヨット遊びをしたときの波と波の間は、宗教的恍惚の一瞬とつながる沈黙と静止の、永遠の瞬間の意味を孕むことにもなった。エリオットは、彼の祖先が一七世紀にアメリカへと出発したイギリスの村を訪れて、そのことを『四つの四重奏』の中で述べているが、この訪問の意味の一つは、彼が祖先の地へ帰還したことである。エリオットは、遅筆な詩人のようであったが、努力の人で、決して大量とは言えない全作品の中に、一つの魂が大西洋を跨いで両大陸を往復したことがわかる。

しかし、両大陸に限らず、彼の精神はインドへも渡っている。そのことの一つの事実は、ハーヴァードの学生だった頃、仏教学者、姉崎正治の講義を受けて影響を受けたということである。

二〇世紀になろうとする頃、エリオットが小学校で受けた授業科目の一覧を見ただけでも、それがいかに高水準のものであったかが分かり、現在のアメリカ、そして日本の小学校の知的水準を想うと一驚に価する。それほど、当時のアメリカは知的なフロンティア・スピリットに満ちていたのであろう。エリオットが体現した教養は、すでに幼少の頃に種が蒔かれていたと見るべきであろう。

エリオットの詩は今日でも、決して平易であるとは言えないだろう。私はできるだけ説明を加えたが、この説明を読者に押しつける気は毛頭ない。詩が詩であるのは、散文とは違った言い方をする点にあって、ふだん聞いたこともないような表現に驚いたら、それだけで誰でも詩的感性が表れていることになる。単に奇を衒った表現ならば、しかし、すぐに化の皮が剝がれる。奇抜な表現の底に面白い、または深い思想が感得されると、それは読者から離れることはない。

それはそれとして、本書ではかなり原詩を引用したので、是非とも読んで欲しい。詩は言葉にあるので、できる限り、英語と詩の形式について説明をしてみた。私の意図するところを汲んで頂ければ幸いである。

本書を執筆する気になったのは、東京教育大学名誉教授、福田陸太郎氏のお話があったからであるが、本書の内容をあれこれ顧みると到らない点があることに気づく。お名前を出すのはかえって失礼かとも思うが、出させて頂くことにした。群馬県立女子大学教授、森山泰夫氏には福田氏と共著のエリオット研究があり、両氏からはエリオット研究の根底で永年のお蔭を蒙っている。また、森山氏からはエリオットに関する珍しい資料を見せて頂いたり、種々お話を伺う機会があった。そのことも記して、お礼を述べたい。

イギリスの詩人・批評家のスティーヴン・スペンダー氏からもエリオットに関して多くのことを学んだ。したがって、スペンダー氏の著作からかなり引用させて頂いたことを記したい。

本書によって若い人たちがエリオットをどう受け取るだろうかと思うと、一抹の不安が心をよぎるが、エリオットの片鱗に接して頂く機会を提供できることは喜びでもある。

一九九一年八月末

著者記す

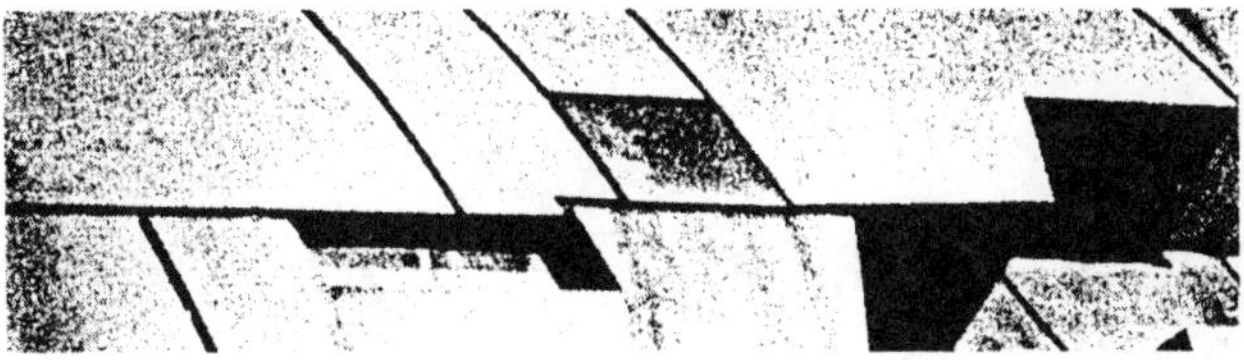

目　次

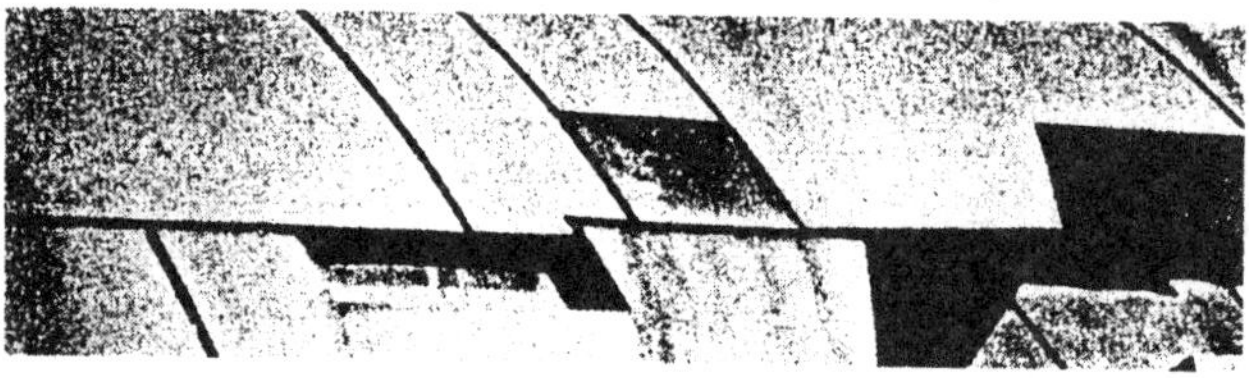

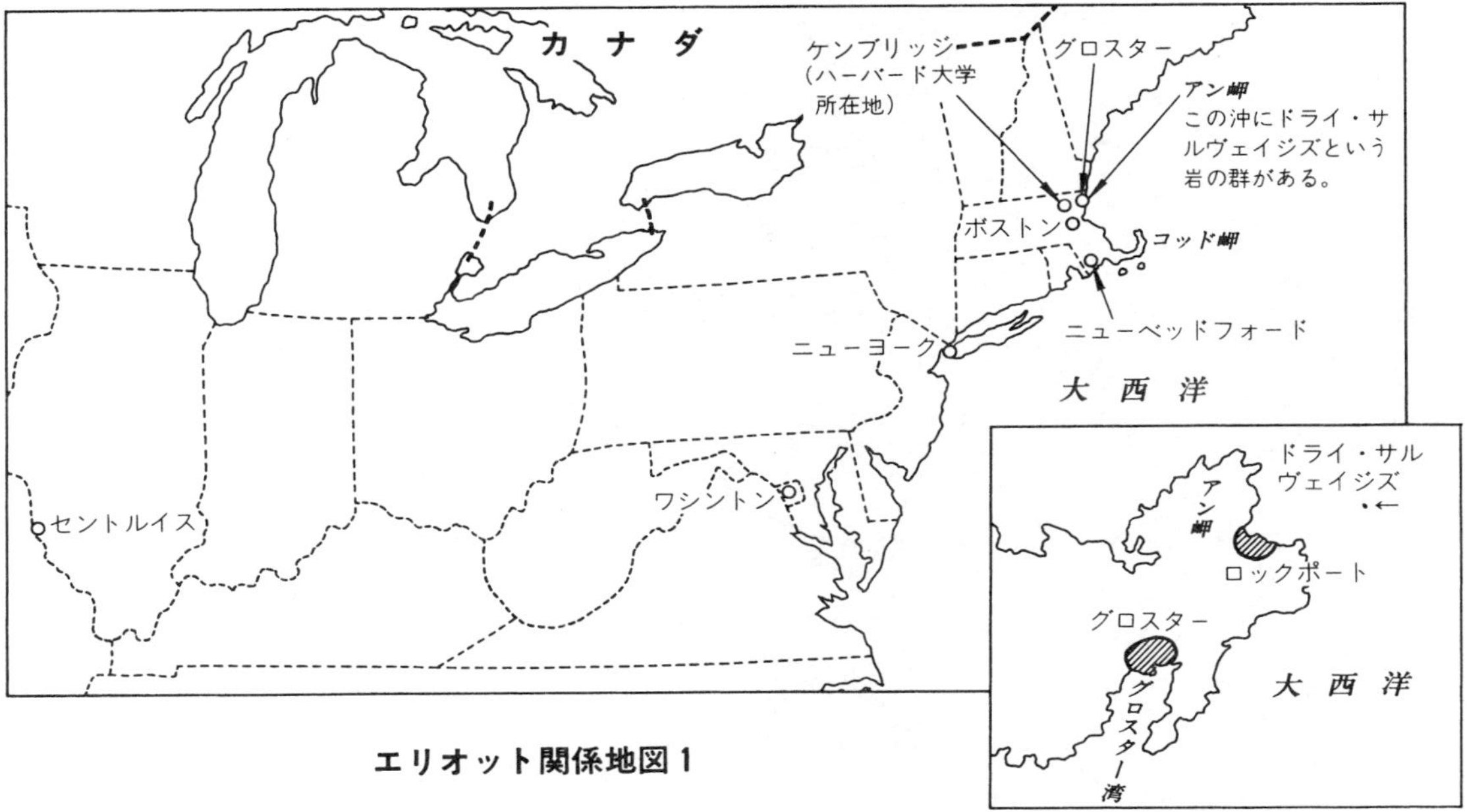
カナダ
ケンブリッジ
(ハーバード大学
所在地)
グロスター
アン岬
この沖にドライ・サルヴェイジズという岩の群がある。
ボストン
コッド岬
ニューベッドフォード
ニューヨーク
大西洋
ワシントン
セントルイス
ドライ・サルヴェイジズ
←
アン岬
ロックポート
グロスター
グロスター湾
大西洋

エリオット関係地図 1

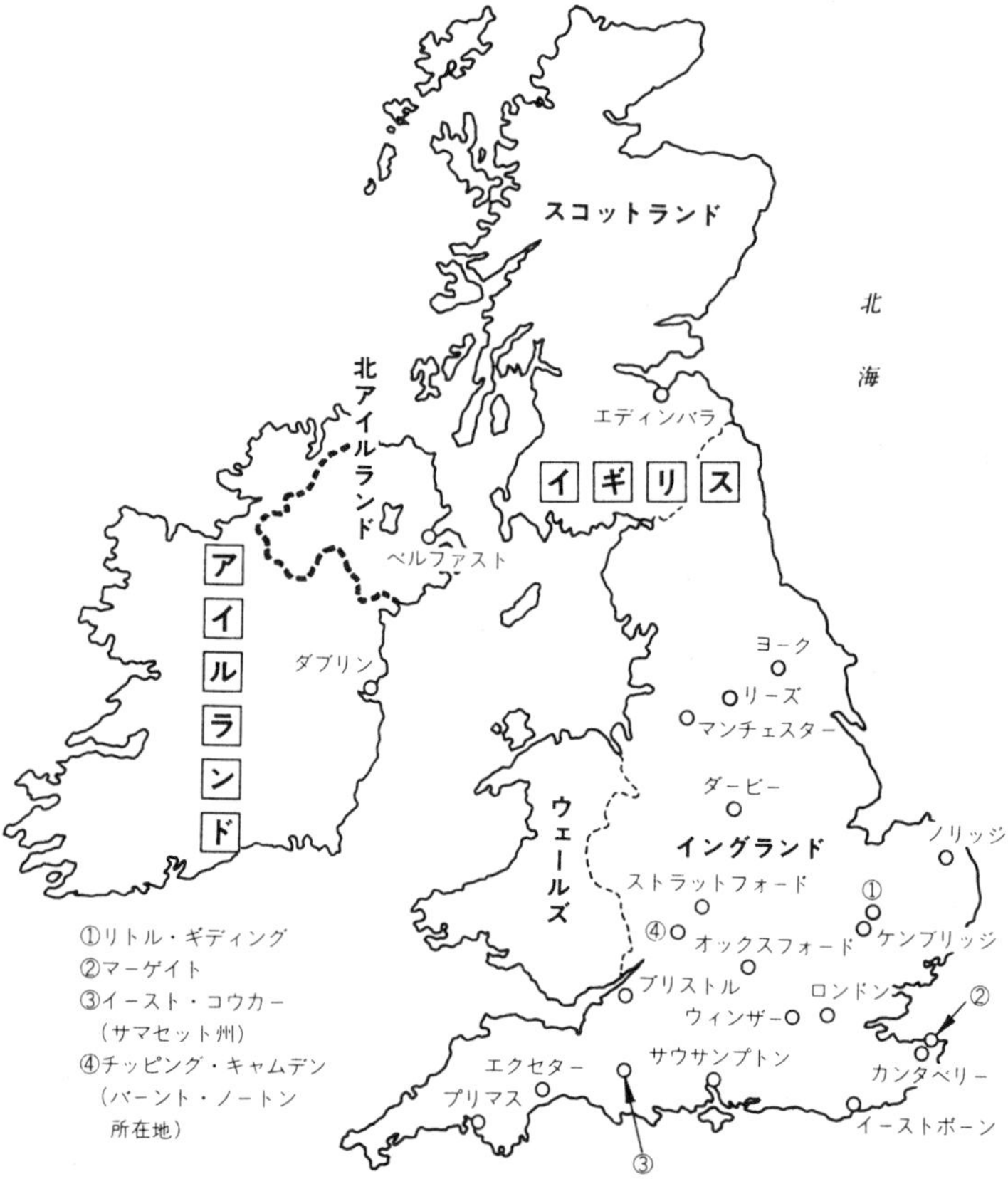
スコットランド
北
海
北アイルランド
エディンバラ
イギリス
ベルファスト
アイルランド
ダブリン
ヨーク
リーズ
マンチェスター
ダービー
ウェールズ
イングランド
ノリッジ
ストラットフォード
①
④
オックスフォード
ケンブリッジ
ブリストル
ロンドン
②
ウィンザー
エクセター
サウサンプトン
カンタベリー
プリマス
イーストボーン
③
①リトル・ギディング
②マーゲイト
③イースト・コウカー
（サマセット州）
④チッピング・キャムデン
（バーント・ノートン
所在地）

エリオット関係地図 2

I

T・S・エリオットの生涯

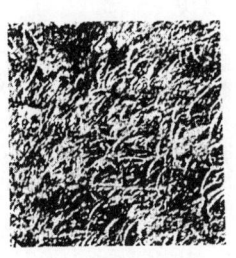

一、出発――幼児の精神的風土、ハーヴァード大学

セントルイス　トマス・スターンズ・エリオットは一八八八年九月二六日、ミズーリ州セントルイスに生まれた。セントルイスはすでに、アメリカが西部へと拡大する基点となっていたが、エリオットの時代には、アメリカが西部へと移動する中心地の役割はシカゴに移っていたと言える。いずれにせよ、エリオット自身の目には、セントルイスは野生の西部が始まる一種の辺境として映っていたようである。一九世紀末から二〇世紀へと転換する時期、エリオットが一〇年以上幼年期を過ごしたこの都市は、原始的な面を残していて、不健康ではあるが、毛皮の売買などで商業活動は盛んであった。そして、商人たちの腐敗があり、下水設備は不十分であった。

　この町はミズーリ河とミシシッピー河の合流点に近い有利な地点に建設された町で、一九世紀にミシシッピー河が交通手段として大きな役割を果たしたのは言うまでもないが、詩人自身は大作『四つの四重奏』中の「ドライ・サルヴェイジズ」（一九四一年）の冒頭で、この河から受けた影響について、次のように述べている

　異神のことはあまり知らないが、しかし河は

たくましい褐色の神だと思う――むっつりして馴らされず、手に負えず
かなり辛抱強く、はじめは辺境と目されていた。
商業の運び手として役に立ち、信用の置けぬもの。
やがてただ橋の建設者に立ち塞がる問題となった。
問題がひとたび解決されると、この褐色の神は
都市居住者からほとんど忘れられ――だが相変わらず執念深く
自分の季節と憤怒を守り、破壊者であり、
また人間が忘れようとするものを気づかせる。
機械の崇拝者からは讃えられず、なだめられず、
待っている。じっと見ながら待っている。

後年「セントルイスに生まれたことに十分満足している」と語ったエリオットは、右に引用した行に続いて、「河は私たちの中にある」と書いてもいる。

ところで、河はほとんど感情をまじえずに描写されているが、この描写から想像できるような重量感あふれる、荒々しい、うっかりすると人間に襲いかかってくる河も、ついに一八七四年に

J・B・イードズの建てた橋

ウィリアム・グリーンリーフ・エリオット（祖父）

J・B・イードズによって架橋され、橋は河の東西を結び、大陸横断鉄道の発達にとって不可欠の存在となり、セントルイスをミシシッピー河沿いの最も重要な都市に変えるのに大きな役割を果たした。

この河がエリオットの中を流れていたのは確かで、それは初期の詩を見ても言えるのである。河岸の土が黄色で、町の水道の蛇口から出る水も、工場の煙突から出る煙も黄色であったが、特に黄色い煙は、たとえば初期の傑作「J・アルフレッド・プルーフロックの恋歌」で、街路を徘徊する黄色い霧に反映していると考えることが可能である。

祖父

エリオット家はそもそも東部に属していて、祖父ウィリアム・グリーンリーフ・エリオットはマサチューセッツ州ニュー・ベッドフォードの出身であるが、一八三四年にハーヴァード大学の神学校を卒業した後、フロンティアの都市セントルイスへユニテリアン派の牧師として移り住んだ。この祖父にとって、セントルイスは布教活動に最適の場所だったようだ——事実、彼の赴任前は、そこには教会もなければユニテリアン派の牧師もいなかった。赴任後二年足らずで彼は教会を建てさせるのに成功したが、この敏腕家は、牧師でなかったらミシシッピー河以西のほとんどあらゆるものを手に入れたかも知れないと言われるほど、金融面でも遺憾なく才能を発揮したらしい。ともかく、彼のダイナミックな活動は、この町の学校の水準を最高度に引き上げただけでなく、一八五七年にワシントン大学を創立させるのに力をかしたという事実にも見られる。彼は後にこの大学の総長になった。

祖父は奴隷制に反対し、南北戦争中は影響力をふるってセントルイスを北軍側につかせただけでなく、病院と救助活動を組織化し、教区を運営し、また、大学では形而上学を教えた。

詩人エリオットに深い影響を与えたこの祖父については、エリオット自身が後年、次のように語っている――

私は彼をまだ家族の長と思っていた。行動の基準は祖父が定めたものであり、私たちの道徳的判断、義務と放縦との間に立たされたときの決断は、祖父がまるでモーゼのように律法の石板を山上から持って来たみたいに受け取られていて、そうした掟から少しでも逸脱するのは罪になるといった具合だった。禁止といった普通の言葉では表せないような命令を含むこれらの掟の中で、社会奉仕の規則でさえゆるがせにできなかった。疑いもなく、この律法が幼時の私の脳裡に刻みこまれたからこそ家族の他の者たちと同じように、私の幼い、責任のない時期が過ぎて以来、さまざまな委員会に奉仕するときの居心地の悪い、きわめて不都合な義務感を感じてきた。

若い頃の両親

少年期

エリオットは父ヘンリー・ウェア・エリオットと母シャーロットの間に生まれた七人の子供の中で末っ子であった（母の旧姓はシャーロット・C・スターンズである）。祖父はエリオットが生まれる一年前、七七歳で世を去っていた。父は祖父と違って牧師にはならず、しかし祖父の高い倫理感を持って実業界に入り、セントルイスの水圧煉瓦会社の会長になった。彼は洗練された物腰の人物で、絵画や音楽の趣味があり、また嗅覚が鋭かったという。

家庭内でエリオットに影響を与えたのは、なんといっても母シャーロットである。彼女は道徳的情熱があり、また生来の雄弁家であった。女性であることに加えてさまざまな事情のため、高等教育は受けられなかったが、詩人になりたいと思っていた。そして、末っ子のエリオットが才能を示すようになると、彼を通して自分の挫折感の償いを求めたようである。

シャーロットの死後、エリオットの兄、ヘンリー・ウェア・エリオット・ジュニアは母の詩篇をハーヴァードの「エリオット・コレクション」に寄贈したとき、これらの詩篇とエリオットとの関係はおそらく百年後にはさほど隔たったものとは思えなくなるだろう、という意味の手紙を送ったが、その中で、家族の間でも弟は容貌が母と一番似ていたし……何か遺伝的なものがあるとすれば、弟が持っていた趣味は母側から由来したに違いない、とも書き添えている。シャーロットの詩の中には、「幻視者のヴィジョン」とか「預言者の警告の叫び」といった言葉が何度も使われているという。宗教的熱意がみられるのは当然であるが、息子エリオットとの違いは彼女の楽観的姿勢であり、息子が感じなかった神の恩寵を彼女は確信していたらしい。

しかし、幼い頃のエリオットに最も影響を与えたのは、アイルランド系のアニー・ダンという乳母であったようで、詩人自身が彼女に非常に懐《なつ》いていたこと、また彼女に連れられて一八九八年まで三年（あるいは四年）間、ミセズ・ロックウッドという学校（正式名はロックウッド・スクールという幼稚園と小学校を兼ねた学校）へ通ったことを語っている。この乳母は敬虔なカトリック教徒で、エリオットが六歳のとき、神の存在の証明をともに話し合ったという。エリオット自身も後年、この乳母と一緒に地元のカトリック教会へ行ったことを思い出している。また、洪水期にイードズ橋（一五頁参照）へ連れて行かれたことは特別な印象として残ったようである。

アイルランド系の乳母アニー・ダンとエリオット（1895年頃）

子供の頃のエリオットは臭いや物音に敏感であったらしいが、カトリック教会の建物に入ったときのことは、彼が一九二七年に書いたアーサー・シモンズ（一八六五〜一九四五）のエッセイ中の一節――敏感な子供がカトリック教会内の彫像や蠟燭や香に魅せられることがあるという意味の部分――に影響を投げかけたかも知れない。

さらに、この乳母とは別に四人の姉がエリオットの保護者の働きをしたが、わけてもエイダという姉はいくつかの面でほとんど母親役になることがあったらしい。

スミス・アカデミー

一八九八年に突然、エリオットは地元のスミス・アカデミーという学校へ移り、一九〇五年にはマサチューセッツ州のミルトン・アカデミーという、ハーヴァード大学のいわば予備校と目されていた学校へ転校した。ところで、スミス・アカデミーは成績優秀で卒業したことを、エリオットは後に地元の新聞に書いているが、この小学校では詩を書いていたという。（私は本稿執筆中に、スミス・アカデミーでの成績をある筋の好意で確認することができた。）最終学年で受けた科目は修辞学原理、シェイクスピアの『オセロー』、ポールグレイヴ編の詞華集『ゴールデン・トレジャリー』、ジョン・ミルトン、マコーレー、アディスン、エドマンド・バークの『アメリカとの和解』、ウェルギリウスの『アエネーイス』の第三、四巻、オウィディウス、キケロ、ホメロスの『イリアス』、ラシーヌの作品、ヴィクトル・ユゴーの『レ・ミゼラブル』、モリエールの『人間嫌い』、ラ・フォンテーヌの『寓話詩』、他に物理、化学であった。

ヨーロッパ文学の精髄とも称すべきものの一部を小学校で教わるというのは、興隆期のまさにアメリカ教育の特徴と言えるようであって、そうした科目がたとえ広く浅い教育だとしても、その後のエリオット文学の根幹を形成するものだといっても間違いではあるまい。

ユニテリアニズム

エリオットは一九〇六年にハーヴァード大学に進学するが、ハーヴァード時代について書く前に彼が育った精神的風土にふれておきたい。この精神的風土の中心をなすのは、彼の幼少年期の家庭の支柱であったものの、後に彼が反旗を翻すことになるユニテリアニズムである。この宗派は、厳しい神観、厳しい人間観を持っていた初期のピューリタニズムとは違って、人間の生得の善や高貴さを確信し、また人間の理性と良心に比重をおいていて、怒れる神による人間の劫罰、正統と異端の試験、教会会員間の非民主的な差別などを信じたピューリタンたちとは異なっていた。ユニテリアンのW・E・チャニング（一七八〇～一八四二）などは「人間が神に似ていること」を語り、神は慈悲深いものであると観じた。

一八世紀の啓蒙主義——トマス・ペイン（一七三七～一八〇九）やベンジャミン・フランクリン（一七〇九～九〇）などの名前が浮かぶ——によって変容されたこのユニテリアニズムは、アメリカでは一九世紀のR・W・エスマン（一八〇三～八二）やセオドア・パーカー（一八一〇～六〇）などに代表され、理性と良心の他に宗教的寛容、すべての人間の救済の可能性などが説かれた。

エリオットが育ったのは、ボストンを中心とするこのような宗教的雰囲気を保っていた家庭であり、祖父の教えた宗教は、人間的完成、教義、神学などを問題にするよりはむしろ、日常の厳しい道徳的規準、義務感、慈悲深さ、心の活発さなどに重きを置いていたようである。ピューリタン的側面——高潔、社会的良心、自己抑制など——を引き継いではいたものの、このような、いわば常識的な行動規範を強調する雰囲気は、ハーヴァードへ進学する時期にさしかかったエリオットの熱烈な性質にとって生温いものに映ったのであろう、ともかく、彼は教会には無関心になっていたようである。

歴史家ヘンリー・アダムズ（一八三八～一九一八）は自分が育ったユニテリアン的雰囲気を回顧している——牧師たちは教義を強調しないことを長所と考え、有徳で社会に役立つ生活はそれだけで救済の十分な条件であるとみなしており、彼らにとって懐疑は思考の無駄であり、またボストンは宇宙を集約していたのである、と。（ボストンの俗称として「宇宙の中心」（the Hub of the Universe）という言葉が残っている。）

「人生讃歌」が隠ぺいするもの

そんなボストンを代表する詩人として、H・W・ロングフェロー（一八〇七～一八八二）は、たとえばあまりにも有名であった「人生讃歌」（"A Psalm of Life"）を残しているが、これは一八八二（明治一五）年に出版された『新体詩抄（初編）』に外山正一の訳で収められた。外山正一はこの詩を、人生は前へ進むのみだ、「上を向いて歩こう」（！）式の、明治時代を鼓舞するような感じに受け取ったのかも知れない。原詩は非常に有名なもので、それだけに作品として詳しく読めば首尾不一致、破綻が目立ってくるような詩である。九連からなるこの詩の第一連と最終連だけを、外山訳（徳永が一部を読みやすく変えてある）と並べて引用しておきたい。

Tell me not, in mournful numbers,
　Life is but an empty dream!
For the soul is dead that slumbers,
　And things are not what they seem.

そも霊魂の眠るのは　死ぬというべきものぞかし
人の一生夢なりと　あわれなふしでうたうなよ
眠らにや夢は見ぬものぞ　此世のことは何事も
夢とおもへどさにあらず

Let us then be up and doing,
　With a heart for any fate;
Still achieving, still pursuing,
　Learn to labor and to wait.

ハーヴァード大学１年生

されば人々怠るな　暫時《しばし》も猶予するなかれ
運命如何につたなきも　心を落すことなかれ
たゆまず止まず自若《じじゃく》とし　功名手柄なしつつも
勤め働くことをせよ

エリオットが幼年期に、当然このような詩を読んで鼓舞されたことは想像にかたくないが、その後の悩む魂を抱えた若き詩人にとって、一九世紀とりわけ南北戦争後のアメリカ人の生活に生じたコマーシャリズムの醜悪さを隠蔽する楽天的進歩の思想をたとえば「人生讃歌」が、少なくともいくつかのパッセージで表現していると感じ取ったとしても不思議ではない。

バビットに出会う

さて、一九〇六年にハーヴァードへ進学したエリオットは、学生が自由に科目を選べる仕組みを利用して勉学に励んだが、このキャンパスで出会った教授の一人、アーヴィング・バビット（一八六五〜一九三三）からは強い影響を受け、後にはバビットが死ぬまで文通をしている。バビットは『文学とアメリカの大学』という著書で、大半のアメリカ人が信奉していた進歩の概念を罵り、成長、繁栄などに対する社会的要求を批判した。彼にはまた、「仏陀と西洋」というエッセイがあり、そこで「仏教徒の気質はキリスト教徒の気質よりも非個性的」である、と述べているが、彼によってサンスクリット及び東洋の宗教へと注意を向けられたエリオットの超俗的な態度が垣間見られる初期の詩の「非個性」の内包概念に「仏教徒の気質」が忍び込んでいるかもしれない。

アーサー・シモンズの著書で開眼

また、エリオットは、一九〇八年一二月に、アーサー・シモンズの名著『文学における象徴主義運動』に遭遇したが、この本で扱われているフランスの詩人、ジュール・ラフォルグ（一八六〇〜一八八七）を読んだとき、自分の気性と共通するものをこのフランス人の中に感じ取ったらしい。そのことをエリオットは「ダンテが私に意味するもの」という談話（一九五〇）で述懐している。シモンズはラフォルグについて、寡黙、几帳面で、服装も態度もピタリ決まっていて、ポーズをとった物腰で世界に対峙した、と述べているが、この描写は、後にエリオットの友人たちが裏書きすることになったエリオットの一つの外的イメージとなっている。エリオットはラフォルグを通じて、いわば自己を外側から眺める視点を与えられたようであり、このようにして得た自己認識によって自身を初めて自由に語ることを学んだと思われる。しかし、エリオットの詩のヒーローの話し言葉はラフォルグの辛辣で情熱的なものとは違って、ニューイングランドの控え目な話し言葉であり、エリオットばりの倦怠《アンニュイ》と行動への恐れは、一九世紀末のボストンの神経症的なものであったと、リンダル・ゴードンは書いている。

一九一〇年の夏、エリオットは家族とグロスター（ボストンの北にある港町）に滞在中——父が建てたこの家は、ほとんど定期的に彼が使用した別荘であったが——ノートブックを買って、それまで書いていた詩篇を転記した（それらは「三月のウサギの作り話」という表題になっている）。このノートブックに、彼は一九一四年のイギリス旅行までの期間の作品を書き加えた。それに収録されたいくつかの作品、たとえば「ノース・ケンブリッジの気まぐれ」とか「ロックスベリーのプレリューズ」には、都会の汚濁や荒廃が扱われている。後者の詩篇は、その後発表されることになった「プレリューズ」中の最初の二つのプレリュードになった。これらの習作は、他の詩人の作品を換骨奪胎し、自分の生活上の経験から材料を利用しながら書いたものである。他の詩人の模倣というのではなく、後の時期のたとえば「聖灰水曜日」を、ダンテを基《もと》にしながらも完全に自分の作品に仕上げているのと同じで、このような詩作法は、エリオットの一つのパターンになっている。

最初の荒地体験

エリオットはハーヴァード卒業の二一歳頃に、ある日ボストンを歩いているとき、街路が突然縮み、分断されて、自分の過去も未来の期待も消え去り、「大きな沈黙」に包まれるという神秘的体験を経たようである。これは未発表の詩「沈黙」（一九一〇年六月の日付）に表現されていて、天啓とも称すべき「沈黙」、内なる光の顕示、「無時間の瞬間《タイムレス・モーメント》」を恐らく初めて明瞭に描いたものであろう。このときの体験を、エリオットは後にパスカルを論じた文章（一九三一）で、「〈神性〉との霊的交渉《コミュニオン》、あるいは精神の一時的な結晶化と呼んでもよいだろう」と書いた。

宗教的感性に恵まれてはいたが、聖人にはならなかったエリオットにとって、日常世界では稀にしか訪れなかったこのような超越的瞬間は、それが記憶に残る限り、日常的時間を苦悩の連続として眺めさせることにもなったかと思われるが、ともかく、個人の内なる光を重要視することは、エマスン的な伝統に連なるだけでなく、母親から育まれたものでもあったようだ。また、このような超越的精神の背景にはエリオットの孤独な習慣があり、一九世紀フランスの疎外された詩人、ボードレール、ラフォルグなどの詩がある。また、エリオットの家族を含めたボストン上流階級の人たちとの交際を通じて、上品な生活習慣に感化されなかったとは言えなくとも、その階級の衰頽した生活に対する不信感が一役買っているとも言えるだろう。エリオットが交わったボストン社会では、一八世紀後半の独立戦争を戦った頃の熱烈で叛逆的な精神風土は風化していたのである。「いとこナンシー」という初期の詩はエリオットのボストン社会に対する視線を窺わせるもので、そこには、都市文明が頽廃を示しているスラム街を歩く若き詩人が、肉体的嫌悪感を抱きつつも鋭い目で観察しているさまが見られる。そのことは、初期の詩にあるブリキ罐、屑、灰、タイル、割れた瓶、雑草のまじった踏みつけられた泥、排水溝で餌を漁っているみすぼらしいスズメなどのイメージに表れている。後にエリオットは「ダンテ」論で、「芸術家がぞっとするような、また薄汚い、または嫌悪を催させるようなものを見詰めることは、美の追求へ向かう衝動の必要かつネガティヴな局面である」と述べた（一九二〇年『聖なる森』所収）。こうして、ボストンはエリオットの最初の「荒地」であったが、ハーヴァードも概して雰囲気はよそよそしいもので、大学のある町ケンブリッジの社会は教授たちの社会と称してもよいものであり、エリオットが大学院生のとき客員教授として来ていたバートランド・ラッセル（一八七二〜一九七〇）を利用して書いた「アポリナックス氏」という詩は、こうした社会を諷刺している。

哲学を専攻する

一九〇九年、彼はハーヴァードを普通より短い三年間で卒業し、四年目は修士号取得に当てた。そして一九一〇年一〇月、奨学金を得てパリへ渡ったが、この初めてのヨーロッパ訪問のとき、一九一一年四月にロンドンへ出かけているようである。

一九一一年秋は、ハーヴァードへ戻り、哲学専攻の大学院生になった。彼はパリの雰囲気を持ち帰ろうとし、『ヌーヴェル・ルヴュ・フランセーズ』誌を購読したり、ゴーギャンの「黄色いキリスト」の複製画を自室の壁に懸けたりした。このような行為に、キリスト磔殺の場面に対するエリオットの嗜好が見られる。また彼はマラッカ杖を持ち歩いたりしたが、友人で詩人のコンラッド・エイケン（一八八九〜一九七三）は、エリオットがパリの左岸《レフト・バンク》で見受けられるようなエグゾティックな服装をし、髪を頭の後部で分けていて、こんな流儀が周囲にセンセーションを巻き起こしたと述べている。（この奇異なヘアスタイルは、初期の名作「J・アルフレッド・プルーフロックの恋歌」に出てくる。）

大学院生としての生活では、オペラ、コンサート、パーティーに出かけたり、素人演劇に参加したりといった月並みな生活が続いたが、人生の展望は不安に包まれていたようで、彼はサンスクリット語の仏典を研究しようとしたり、宗教学者、姉崎正治《まさはる》（一八七三〜一九四九）の仏教に関する通年講義に出席したりした。東洋思想への関心は、哲学専攻の学生として単なる知的好奇心を満たすためのものではなく、これまで彼を培ってきた精神風土から自由になりたいという欲求に由来しているようである。欲望の消滅、執着からの解放、つまりニルヴァーナ（生の炎の消滅、いっさいの煩悩を絶った至福の境地。涅槃）は、エリオットがすでに知っていたシャルル・モーラス（一八六八〜一九五二）の思想の及ばぬ東洋的絶対主義として訴えるものがあったようだ。後年、『荒地』を執筆した頃を振り返って、エリオットは詩人・批評家のスティーヴン・スペンダー（一九〇九〜）に、自分は仏教徒になろうと真剣に考えたことがある、と語っている。しかし、東洋思想への関心は永続的なものではなく、後に、それが自分には「啓発された神秘めかし」の感じを残しただけである、と語っている。

人生に対する疑問に悩まされていたエリオットは、一九一三年にイギリスの観念論哲学者F・H・ブラッドレー（一八四六〜一九二四）の著書『外観とリアリティー』に遭遇した。すでにパリ遊学中、ソルボンヌ大学で哲学者ベルクソン（一八五九〜一九四一）の影響を受けていたが、ベルクソン経由でブラッドレーに辿り着いたわけである。「リアリティー」を認めたり定義したりする際の概念を把握する知性に対して、ブラッドレーが懐疑的になっていることに、エリオットは親近感を抱いたようである。ブラッドレーにとって、「リアリティー」は非関係的な一つの全体性であり、個々の知的範疇《カテゴリー》に分けることは不可能――「リアリティーは一《いっ》」であった。たとえば「空間」と「時間」など、オーソドックスな範疇はリアリティーの部分的な把握しか反映していず、それを転覆することで、「絶対」としてしか表現できない大きな説明へと押し戻されることになる。「絶対」のこうした概念がなければ、世界は文字通り無意味となる。「絶対」は「思想」と「リアリティー」を、「意志」と「感情」を一つの崇高な全体性の中に保つ。

われわれは「絶対」を完全に包含したり表したりすることのない「外観」の世界に生きている。しかし、「外観」の世界に在りながら、われわれは「有限の中心」――人間の自己とか魂に相当するもの――から「リアリティー」に接近することができる。「有限の中心」が「外観」の世界と深く関わっていることは言うまでもないが、その世界の「外観」や「有限の中心」の経験を通して初めて「絶対」の認識を持ち始めることが可能となる。この「絶対」は普遍的秩序を持ち、われわれに慰めを与えてくれると措定されるが、「完璧な真理は要するに体系的な全体性という概念を実現しなければならない」ことになる。(以上、P・アクロイドによる) 後にエリオットは、このようなブラッドレーの哲学に対する関心を捨てたが、キリスト教の神が哲学的「絶対」に取って代わったと考えてもよいであろうし、アクロイドのように神を「伝統」に置き換えて、伝統によって「個人の才能」を確認するという考え方を引き出すことも可能となるのではないかと思う。

二、イギリスへ渡る――詩人としての出発

ヴィヴィエンとの結婚　一九一四年、エリオットは在外研究奨学金をもらって、オックスフォード大学のマートン・コレッジで哲学研究を続けるためにロンドンへ行ったが、途中で二週間、ドイツのマールブルクに滞在した。すでに、第一次大戦で戦線へ赴いている学生もいたオックスフォードで、適度に気晴らしのみつかる生活を送っていたが、真の意味で生き生きした気持にはなれなかった――この大学町がハーヴァードの延長線上にあるとしか思えないことが多く、「無感覚」な気分に襲われたらしい。

二年目の奨学金が受けられるという通知を受け取っても、将来の目途は定まらず、住む場所もオックスフォードに較べてロンドンが格別魅力的に映った訳でもなく、不安な時間が多かったことは疑えないようである。

さて、エリオットがヴィヴィエン・ハイ＝ウッドというイギリスの女性に出会ったのは一九一五年で、場所は多分オックスフォードだと言われている。ヴィヴィエンの両親は上層中流階級で、エリオット自身がその後好ましいと思うようになった階級である。彼女の父は所有地からの収入があり、金銭的には豊かで絵をよくする要するに「レスペクタブルな」英国紳士であった。

ヴィヴィエンはエリオットより六か月歳上で、美人というのではないが快活で、自意識が強く、観劇、レコード音楽鑑賞などを好んでいた。時として人目を驚かすような服装をすることのある彼女は、オオムのような甲高い声の持主でもあったという。彼女のこうした点と関係があるかどうか速断はできないが、エリオットと会う前にすでに、神経症ぎみのことがあって、物事にくよくよしたり、むら気な面を示すこともあったらしい。オズバート・スィットウェル（一八九二〜一九六九）は、エリオットにとって彼女が青春の無頓着と大胆さを体現していると映ったに違いないと語っているが、お上品で保守的なボストンの女性たちに接していたエリオットにとって、ヴィヴィエンが全く異質な魅力を持っていたことは想像に難くない。

ヴィヴィエンに会う前のエリオットは、自分が童貞で内気なこと、また大勢の姉に囲まれて暮らしたせいか、イギリスに来て頼りになる女性がいないなどとこぼしていたらしい。エリオットはほとんど衝動的と言ってもよいほど、あっという間に、彼女と結婚したが（一九一五年六月二六日）、結婚後わかったのは、ヴィヴィエンが子供の頃左肺の結核を患ったということである。しかし、一番の問題は彼女に神経症が原因の頭痛、痙攣などの徴候が見られたことである。また、一二歳から不規則で過度に頻繁な月経周期があり、そのためホテルに泊るときでも自分のベッドシーツを洗わなければならないほど神経質だったという。また、気分が塞ぎこむのを抑えるため、医者からモルヒネを基にした抑制剤をもらっていたらしい。

結婚する前、一九一四年頃にエリオットは「聖セバスチャンの愛の歌」や「聖ナルシスの死」を

ウィンダム・ルイス

エズラ・パウンド

書いただけでなく、「ボーロ王と彼の大きな黒い女王」という叙事詩にも着手していたが、これらの詩はコミックな韻文でポルノグラフィックな内容を綴っていて、男色、ペニス、括約筋などへの言及が見られるという。そして、同じ一九一四年、ウィンダム・ルイス（一八八四～一九五七）はエズラ・パウンド（一八八五～一九七二）の小さな三角形のアパートで初めて会ったときのエリオットを、「髪を撫でつけた長身の、魅力的な、大西洋の向こう岸の亡霊――モナ・リザのような笑みを浮かべて、骨の髄まで皮肉っぽい」感じだったと表現しているが、結婚後は、周囲の人たちに実際以上に快活な印象を与えることがあったらしい。オールダス・ハックスレー（一八九四～一九六三）は、エリオットとヴィヴィエンの関係が完全に性的なものだと信じていたが、アクロイドはエリオットが陽気で衝動的に行動する癖のある彼女に子供のような信頼を向けて、それまで抑えていた感情を爆発させたのだと解釈している。ともかく、性格の違う二人の結婚は、やがて襲いかかる破局を秘めていた。

結婚生活

オックスフォード大学を飽き足らなく思っていたエリオットは、そこを去ってロンドンはソーホー地区のグリーク・ストリートに新居を構えた。また、結婚につい

ヴィヴィエン　ロンドンのアパートで

ては妻の両親との間に一応の了解を得ていたが、アメリカにいる両親からも了承を求める必要が生じた。しかし、神経質な彼は結婚後二日たってパウンドに依頼して父宛に手紙を書いてもらい、パウンドは手紙の中で、エリオットは文学的に有望であると示唆した。

エリオットは結婚後二週間ほどして妻をバートランド・ラッセルに紹介した。エリオット夫妻と親しい友人になったこの哲学者は、後にオットリーン・モレル（一八七三〜一九三八）に対して、「エリオットは結婚を恥じているし、私が彼女に親切にしてやると彼は非常に感謝する」と語っているだけでなく、彼女が結婚したのは彼を刺激するためであったが、当てが外れたのだ、といった意味のことも述べている。（オットリーン・モレルについては後の記述を参照）

エリオットの両親は息子のこの結婚を好ましく思ってはいなかったが、二人がアメリカに来て、息子はハーヴァードで哲学研究を続けるよう願っていた。しかし、ヴィヴィエンは大西洋ではドイツのUボートの危険が心配だということを理由の一つにしてアメリカ行きを拒み、エリオットは単身で大西洋を渡った。彼は自分に希望を託していた両親を裏切ったという罪悪感を拭えなかった——息子の才能を認めていた母親の失意は大きかったようである。しかし、父親から仕送りを続けてもらうことになった。

エリオットが帰英してから、二人はイングランド南東部のイーストボーンへ出掛けたが、そのとき妻はラッセルに手紙を書いて、自分たちの性的関係が絶望的であると訴えている。エリオットの「オード」（一九二〇年発表）という詩には、ある花婿がベッドの上に血を見て、「はらわたを除去された女の悪魔」（succuba eviscerate〔眠っている男と性交すると言われている〕）に直面することが歌われているが、このような詩は現実の生活と何らかの関係があるかも知れない。

エリオットはかつて、医者から「君ほど血の薄い人」を診察したことはないと言われたが、肉体的には終生、活力が乏しかった。一方、ヴィヴィエンも肉体的な情熱は少なかったと言われている。ともかく、二人が性的にうまく行かなかったことは定説になっているようである。

処女詩集刊行

さて、エリオットは生活上の必要に迫られて中等学校に勤めていたが、一九一七年三月にはロイズ銀行の植民地・外国部へ転職することになった。「偶然と経済的必要と自暴自棄」によって始めた仕事だという。しかし、銀行ではきちんと仕事をこなし、彼が詩人であることを知っている同僚もいたが、表面上は普通の勤め人と変わらないように見えたらしい。銀行員の生活はその後九年続いたが、この間に重要な詩作を世に問うこととなった。

人生の新しい局面を開始して四か月たった一九一七年六月に『プルーフロックその他の観察』と題する処女詩集が刊行された。一九二二年の『荒地』の場合と同じように、パウンドの世話がなかったら世に出なかったかも知れないこの詩集は、著者がエゴイスト・プレスに印刷費を支払うとい

『プルーフロックその他の観察』表紙

う条件で五百部刷ったものの、一九二二年の初めまで売り切れなかった。それほど、この薄っぺらで黄色い表紙の詩集は、大方の読者から詩集として認められなかったのである。オックスフォードの近くにあるガーシントン荘園《マナー》で、キャサリン・マンスフィールド（一八八八～一九二三）がこの表題詩を読んだときは、センセーショナルな反響が巻き起こったが、書評は一様ににべもなくこの詩集をあっさり葬り去った。というのも、従来のイギリス詩とあまりにもかけ離れていて、所謂「美しい」点が全くなく、せいぜいちょっと人を興《おもしろ》がらせるにすぎないと思われたからである。（ガーシントン荘園は、自由党の代議士であったフィリップ・モレルと結婚したオットリーン・モレルが、芸術のパトロン役で住んでいた邸宅で、オールダス・ハックスレー、リットン・ストレイチー（一八八〇～一九三二）、D・H・ロレンス（一八八五～一九三〇）その他、著名な人たちが集まったサロンでもあり、エリオットもそこに出入りするようになっていた。）

この詩集刊行前の一九一四年に、エイケンがロンドンで『詩と劇』誌の編集者、ハロルド・モンロウ（一八七九～一九三二）に詩集中の「J・アルフレッド・プルーフロックの恋歌」を見せたところ、モンロウは「完全に狂っている」と言って、投げ返したという。「プルーフロック」を狂人の病的な譫《うわ》言《ごと》だと思う人たちがいたのは無理もない。パウンドはこの作品が時代の諷刺であると、拍手したのだが、時代の諷刺として受け取るよりも、恋人願望を持った人間と預言者願望の人間が心の中に同居していて、ハムレットのように峻巡するヒーローがプルーフロックであると考えることも可能であって、そんなヒーロー、いや現代的アンチ・ヒーローの劇的独白、瞑想は、まさに「狂っている」と映ってもおかしくはない。

この詩集に収められた作品は従来の詩の薄められたロマン主義、ロマンティックな個性の表現といったものからは遙かに隔たった次元で成立していて、劇的手法に貫かれている。独白、対話、シーン、登場人物などから構成されているこれらの詩篇の中に、日常生活上のエリオットという人間の真実の声を聞き出すことは難しい。個人的要素を抱えていると言われるたとえば「風の夜のラプソディー」や「プレリューズ」などを読めばわかるが、感情の表白とは違って客観的な感じが強いのである。

作家エリオット　エリオットは全く新しい詩を書いたという意識を当然ながら持っていたが、この革命的な本がどう受け取られるかについて、自信はなかったようである。しかし、詩集刊行という事実によって、それまでの「かなり絶望的」であった創作上の枯渇状態から脱して、フランス語による詩を書き始め、それが契機となって、パウンドと一緒にテオフィル・ゴーティエ(一八一一〜七二)の四行連句の作品を研究し、研究に促されるようにして、自分も主題を求めて四行連句を書いたりした。そして、パウンドと作品を交換して批評し合ううちに、「河馬」と三篇のフランス語の詩が『リトル・レヴュー』誌に載った。それだけでなく『エゴイスト』誌の編集助手という仕事に就くこともできた（この仕事から入った給料は、アメリカ人の弁護士で芸術家のパトロンでもあったジョン・クインから出ている）。編集という仕事は、その後、エリオットの人生から切り離せない重要なものとなった。

一方、妻ヴィヴィエンは仕事らしい仕事もなく、そのことが、神経症からくる頭痛や不眠の遠因にもなったが、夫との間は——バートランド・ラッセルとの情事はあっても——夫婦の基本的な感情生活に特別の禍《わざわい》を招くことはなく、互いに相手を必要とし、頼り合う生活だったようである。

第一次世界大戦

青年エリオットは作家として少し自信がついてきたからであろう、気に入らない人たちを時には容赦なく、語調も鋭く、批判することがあり、階級や世間的地位などを問題にするというスノビズムを示すこともあった。一九一八年三月は、第一次世界大戦でドイツが攻撃に転じた頃であり、戦時下の物的生活面の不如意や、父親の重病や、妻の病気などで心に重苦しくのしかかるものがあり、欲求不満のせいであろうか、彼を謙虚でないと思わせる場合もあった。

一九一八年初期に連合軍側が蒙った不幸を知ったエリオットは、アメリカ陸軍に入隊して義務感を表そうとした——といっても、自分たちの生活を支えるのに必要な収入が得られる等級で入隊したいと思ったらしい。しかし、記録によれば、体重が少ないだけでなく生得のダブル・ヘルニアがあり、心臓頻拍のため、軍務に就くのは無理と判断されたのである。アメリカへの義務感は義務感としても、この頃の彼のアメリカに対する態度は曖昧で、ある手紙でアメリカ人を「私たち」という代名詞で表現したかと思うと、イギリス人を「私たち」と呼んだりしている。この代名詞の使い方が暗示しているのは、彼がかなり意識的にイギリス人の金持ち、有力者、知識人の間に人間関係をつくりつつあったという事実と関係があるだろう。パウンド、エイケンなどのアメリカ人の他に、メアリー・ハッチンスン、ウィンダム・ルイス、レナード（一八八〇〜一九六九）及びヴァージニア・ウルフ（一八八二〜一九四一）、スィットウェル家などのイギリス人がエリオットと交遊があったけれども、これらの人が喰い違ったエリオットの印象を受けたのも、彼の自意識と関係があるだろう。

成功への努力、険約、実用性などの徳目を重視し、それを息子に吹き込んで影響を与えていた父が死んだのは一九一九年一月初めであるが、そうした父に託された成功からはほど遠い状態にあった息子は、父の死を深く悲しんだ。さらに、アメリカの出版社から本を出したいという願いが実らなかったことが、この悲しみに拍車をかけた。しかし、前出のウルフ夫妻の出版社、ホガース・プレスが、「エリオット氏の日曜の朝の礼拝」や「不滅の囁き」を含む七篇の詩を小冊子にして出版してくれたことで、彼はようやく前へ歩み出ることができた。

成功への糸口を摑む

エリオットは一九一九年五月から六月にかけて「ゲロンチョン」という劇的独白の詩を書いていた。これはウルフ夫妻が出版してくれた『詩篇』中の何篇かとは違って、比較的晦渋ではない、客観性の勝った作品である。この詩では「ゲロンチョン」という名の老人が、同時代の人たちとは違って戦争に従軍していず、創作活動をしているのでもなく、孤独の状態で歴史の虚しさや行動の無価値をひたすら瞑想するのである。

また、一九一六年から一九年にかけて、彼は、手を加えた形で『荒地』（一九二二年）に姿を現すことになる断片を創作していて、たとえば「公爵夫人の死」や「ロンドン」という詩篇は、元の状態では彼の個人的経験を直接利用して書かれており、生きることの地獄のような有様や都市そのものの地獄が扱われている。

彼はさらに、『アシニーアム』誌の編集者、ミドルトン・マレー（一八八九〜一九五七）の知遇を得ることになり、この雑誌に発表した作品が『タイムズ文芸付録』の編集長の目にとまり、エリザベス朝演劇の研究書の書評を書くことを依頼された。こうして、イギリスに渡ってから五年して、彼は文芸ジャーナリズムの最前線で執筆活動を始め、詩も散文も本として発表されるようになり、成功への糸口を摑んだ。

大学での職を断わる

一九二〇年には、プロヴァンス語（一一世紀から一六世紀半頃までのフランス南部方言）の『アラ・ヴォス・プレック』という、「今あなたに祈る」の意味の表題を持った小さな詩集と最初の評論集『聖なる森』が出版された。詩集は難解であったためか、書評に戸惑いが見られるけれども、ケンブリッジ大学の若い教授だった批評家のI・A・リチャーズ（一八九三〜一九七九）が、この詩集にいたく感激して、エリオットにケンブリッジで仲間になって欲しいと申し出た。しかしエリオットは、アカデミックな生活が自分に適しているかどうか決めかねたようで、申し出を断わった。このような機会を通じて、詩人エリオットの名声が大学での研究を中心にして高まることになった。そして、いずれは彼の文化的司祭としての力量が英文学の研究を知的・倫理的ディシプリンと見なすことを正当化する上で大きな影響力を持つようになった。

大学での職を断わったからといって、銀行での仕事が性に合っていた訳ではない。銀行勤めはある程度の収入を保証してくれたが、その代わりに、彼は創作の時間を削らなければならず、実際、友人に向かってこのことをこぼしていた。そのような彼の状態に同情したパウンドは、数名の友人に年間四百ポンドほどのお金を拠出してもらって、彼を銀行から救出する運動を起こしたことがある。もっとも、パウンドのこの計画は成功しなかったが。

『聖なる森』　評論集『聖なる森』は、読者を心服させるような一般的概念を含んでいるために有名である――たとえば『ハムレット』を論じたエッセイ中の「客観的相関物《オブジェクティヴ・コレラティヴ》」。それから「伝統と個人の才能」というエッセイ全体（第Ⅲ部中の「エリオットの批評用語」を参照）。一般的概念といえば、一年後に出てきた「感受性の分裂」も、この本の中で使われている。（「客観的相関物」と「感受性の分裂」については、第Ⅲ部中の「エリオットの批評用語」を参照。）

この評論集で提出されているエリオットの伝統論は目新しいものと映った――事実、当時オックスフォードの学生だったF・W・ベイトスンは、この本が「ほとんど僕らの聖なる書」であったと語っている——が、しかし、ハーヴァード時代の恩師バビットの著作（『現代フランス批評の巨匠たち』）の中に、伝統というものは「現在の変わりゆく必要性を満たすために過去の経験を絶えず調整することである」という言葉があり、エリオットの考え方はこれに似ているのである。（彼はバビットのこの著作を読んでいるかも知れない。）また、ラフォルグに関するレミ・ドゥ・グールモン（一八五八〜一九一五）のエッセイには、生活において「人は知性を感受性から分離《ディソーシエイト》させる能力を獲得する」といった表現がある。

　このような例を考えると、エリオットは必ずしも独創的な考えをエッセイに注入した訳ではなく、事実、彼は自分の書いたものに不安・躊躇を感じることが多かった。しかし、彼の秀れている点は、他の人の書いたものを総合したことであり、他人が表現した概念を組織化するユニークな才能を持っていた。また、エリオットはバビットやドゥ・グールモンほど守備範囲は広くなかったが、これまで学んでいた倫理的・哲学的な面を文学作品の分析に加味した点に功績があると言える。第一次大戦後の社会的混乱と朧ろげな価値観など、不安定な情況にあって、エリオットは倫理的・哲学的、さらに歴史的ディシプリンを利用して、文学を社会的・文化的拡がりを持ったものとして眺めることで先導者となった。それはまた、彼が個人として心に抱えこんでいた空虚感、人間存在の断片化や無意味に対して、創作を通じて秩序を与える必要を満たすことに通じたのであり、そのことは、戦後ヨーロッパの精神的危機の情況に当てはまるものであった。その意味で、自身の不安感・虚無感から胚胎した文学は、時代を斜交《はすか》いに映し出す文学ともなった。

精神的苦しみ

この頃、エリオットはエイケンに、創作が壁に突き当たっていると訴えたことがあるが、エイケンはある友人にそのことを話し、友人がある精神分析医に意見を求めた。すると、精神分析医は、エリオットの精神的禁忌になっているのは完璧さを達成できないのではないかという恐れである、と診断を下した（「彼は自分が神だと思っているんですよ」）。この診断をエイケンから聞いたエリオットは、怒りで絶句したという。精神分析家の発言は彼にとって、いわば「侵入」であり、それが彼の自意識の持つ冷たさを破ったのであろう。分析医の発言はまた、一九二二年発表の有名な『荒地』の火種にもなったと考える人もいる。

一九二〇年の暮れに、妻は病気だった父親の看護で疲れ、自身も病気で倒れて三月に私立病院に行ったが、費用を考慮して自宅のクラレンス・ゲイト・ガーデンズ九番地のベッドへ戻ってきた。しかし、神経的疲労が続いていて、五月になると海岸の宿に引き籠った。そして、パニックに襲われたり、譫妄《せんもう》状態に陥ったりすることがあった。一方、エリオットも疲労が続いていて、パウンドは友人のウィンダム・ルイスに、エリオットをイギリスの外へ運び出さなければならないと主張した。エリオットの悩みの一つに家庭的問題があったのは事実であるが、その背景に、大戦後の経済的好況が遠退いて、政治的不安の情況が拡がっていたこともある。イギリスでは二百万人の失業者に加えて、連立内閣の政策上の不決断が情況の悪化に拍車を加えていた。ところで、政治といえば、エリオットはそもそもデモクラシーに軽蔑的な感情を抱いていたようだ。

さて、エリオットは遅くとも一九二一年の初めには『荒地』執筆に取りかかっていたようである。そして、この年の四月初めには、かなりの長さの草稿ができていて、推敲するばかりになっていた。ちょうど、エリオットの母親（当時七七歳）が六月、イギリスに来て六年ぶりに息子と会う予定になっており、それまでにこの長詩を完成したいと思っていた。彼は、自分からアメリカへ行く余裕がないという内容の手紙を書き送り、それがきっかけになって、母シャーロットが姉メアリアンと兄ヘンリーを伴って渡英することになった。母親はエリオットがイギリスに留まる決意をしたのをヴィヴィエンのせいにしていたため、エリオットは微妙な立場にあった。母親一行はクラレンス・ゲイト・ガーデンズに入り、エリオット夫妻は一時ウィグモア・ストリートへ移った。そして母親をロンドン見物に連れて行ったり、田舎まで一緒に足をのばしたりした。

この年、エリオットは、「デイリー・メイル」紙の所有者の夫人、レイディー・ロザミアに紹介され、ロンドンに本拠を置く文芸誌創刊の相談をしたが、これはヴィヴィエンの知っていたレストランの名前をとって、ヴィヴィエンの示唆で『クライティリオン』と命名され、エリオットが編集者になった。また、自分でも執筆者として、この雑誌にアンドルー・マーヴェル（一六二一〜七八）、ジョン・ドライデン（一六三一〜一七〇〇）の他に一七世紀の所謂「形而上詩人」に関するエッセイを書いた。

この頃、彼はジェイムズ・ジョイスの『ユリシーズ』の後半を読み、いたく感心した。革命的な『ユリシーズ』が神話導入という手法によって現代世界に秩序を与えていることに注目したのであり、このような手法は自分の作品にも利用できると感じた。

ストラヴィンスキーの音楽

夏にはストラヴィンスキー（一八八二〜一九七一）の「春の祭典」の公演を聴いて感銘を受けたが、現代生活の複雑さと瑣末な要素を不協和音で表現したこの現代音楽は、古代の太鼓のビートで意味を添えられていて、そうした点がエリオットに訴えるものを持っていたのである。

しかし、日常生活は、母の一行の滞英で心理的負担が増し、妻が病気になり、自分も心理的麻痺に陥るということがあって、総じて困難であった。加えて、この夏は異常気象で六か月も雨が降らなかった。そして早くも九月初めには、精神的疲労の徴候と言えそうなひどい頭痛を訴えた。精神的・肉体的疲労に陥ると、エリオットは漠然とした不安や恐れにひっきりなしに襲われるというパターンがすでに定着していた。

妻も夫を心配してロンドンの専門医に診断を仰ぐよう奨め、夫は神経失調と断定され、三か月の静養が必要と言われた。彼は悩んだ末にロイズ銀行から許可を得てケント州の海岸にあるマーゲイトへ行く決心をする（ロイズ銀行は「神経衰弱」という理由をつけた）。しかし、独りきりになるのに耐えられぬと思い、妻に同行を求めている。（一〇月二二日にアルベマール・ホテルに投宿している。）

一一月初めには『荒地』第三章「火の説教」を部分的に書き上げている。これは「河は（油とタールの）汗をかき」で始まる五〇行で、エリオットは海岸の避難小屋で腰かけている間に書いた。

『荒地』の草稿を執筆していた頃のヴィヴィエン（1921年）

この部分には「マーゲイト砂浜で。／僕は何一つ／結びつけられない。」とあるが、当時の作者の苦境が表現されている。マーゲイトではほとんど何もせず、ヴィヴィエンが買い与えたマンドリンの練習をしたという。

精神的疲労と『荒地』執筆

しかし、この頃の二人の結婚は破局を迎えていたと言ってよく、『荒地』第二章（「チェス」）のシークエンスは二人の関係の終焉を綴ったものとして読めるという考え方もあるが、これは当たっていないようだ。ヴィヴィエンはエリオットと一緒にマーゲイトに滞在して、彼に代わって手紙を書いているし、エリオットは書き上げた詩について彼女の意見を求めたりしているからである。また、この時期、彼女は草稿に賛意を示すことで重要な効果をあげていた。たとえば、彼女が五月にエリオットの許を一時離れていたとき送ったタイプライターの草稿には、「ワンダフル」という彼女の筆跡によるコメントが見られる。エリオットとヴィヴィエンは互いの神経症的苦境を識りながら創作に参加することで一種の遊びの気持を味わっていたのではないか、という示唆に富む見方もできるかも知れない。二人とも芝居を楽しむ気持が強く、意志によってドラマを演じるといった面が二人の関係の中にあるのは軽視できない、と考える批評家もいるからである。

さて、エリオットはマーゲイト滞在中に、オットリーン・モレルの忠告を得て、彼女自身が診察を受けたことのあるローザンヌ（スイス）のロージャー・ヴィトーズという心理療法家のところへ行くことになった（この医師はフロイト前の訓練を受けている）。エリオットは一一月六日にリチャード・オールディントン（一八九二〜一九六二）に宛てた手紙で、自分は「神経」を患っているのではなく、「無《アブ》意志《ーリー》」というこれまでずっと苦しんだ感情的不調があるのだ、と説明している。「無意志」は、特に精神分裂に起因するということになっているが、いずれにせよ消極的な冷たい精神状態にこもることで、精神的・肉体的活力の喪失が伴うという。感情の減退または喪失は、エリオットが感情を恐れることから起因しているのであろうし、彼が受身の状態で苦悩する人間であり、『荒地』の中に登場して、この作品中の一切の事件を透視するティレシアスという人物でもあったことを示唆するアクロイドのような批評家もいるが、これはなかなか面白い説である。

『荒地』の仕上げ

一一月中旬にエリオットはマーゲイトを出て、ひとまずロンドンへ帰り、妻と一緒にパリへ行き、パリで妻と別れてローザンヌへ赴いた。妻の方は、パリ郊外のサナトリウムへ行くことになり、一時期パウンド夫妻の許に寄宿している。エリオットはパリを離れる前にパウンドに会って、『荒地』の草稿の一部を見せている。

目立つものといえば銀行とチョコレート店だけであったという当時の静かなローザンヌで、エリオットは久しぶりに心の穏かさを取り戻した――幼年時代以来、と言っても大袈裟ではない平穏さだったようである。この地でも彼は治療を受けながら、『荒地』を書き続け、大方は仕上がった。そして翌年（一九二二年）一月にロンドンへ戻る途中で、パリに立ち寄ってパウンドにさらに草稿を見せてコメントを求めた。また、その後もパウンドとの間には手紙の往復が続いたが、それを読むと、エリオットがこの詩のさまざまな部分でパウンドの意見を求めていたことがわかる。そして、パウンドによる「帝王切開」で『荒地』が世に送り出されることになった。一月二四日付けのパウンドの手紙には、よくやったね。僕は君の仕事に対する嫉妬でいっぱいだ、と書かれている。パウンドにとって、『荒地』は彼自身の畢生の大作『キャントウズ』（詩章）執筆上の刺激になった。

ところで、『荒地』の第五章、「雷の言ったこと」の草稿には、パウンドのコメントがほとんどない。他の部分では明瞭に聞こえてこない、詩人エリオットの声を、パウンドがこの部分に聞き取ったからであろう。他の部分でパウンドが大鉈《なた》を振るったのは、エリオット的な詩の音楽にとって邪魔になるような、たとえばアレグザンダー・ポウプ（一六八八～一七四四）の詩の焼き直しのような件《くだ》りを含む凝ったスタイルを削ぎ落とそうとしたからである。エリオットの詩の音楽といえば、『荒地』を読んだ当時の学生たちは、ただ読んだだけではなく、「雷の言ったこと」のような部分に音楽を感じ取って詠唱したのである。

ローザンヌでの生活は日常生活の重荷から解放してくれたが、ロンドンに戻ると風邪を引いただけでなく、精神的負担は反動的にさらに重さを加えた。そしてヴィヴィエンはまたしても神経症を患っていた。夫の強いすすめでヴィヴィエンはパリへ戻ったが、病状は悪化する一方で、一九二二年四月になって、衰弱したままの状態でロンドンに戻ってきた。エリオット夫妻のこのような状態は、その後も何度となく繰り返されるいわば二人三脚の病気と言ってよいだろう。

　パウンドはまたしても、エリオットの経済面での重荷を減らしてやろうとして、三〇名ほどの人に年間一〇ポンドを募って、銀行から彼を救出しようとしたが、年俸五百ポンドと一回のボーナスが支給される勤め人の仕事は、容易に手放すわけにはいかなかった。そこで、ヴィヴィエンが父に資金援助を求めたらしく、エリオットは二回目の神経衰弱から逃げ出すべく、再びスイスへ二週間転地したが、これは以前にも増して功を奏し、六月初めにロンドンへ帰ることができた。しかし、妻は大腸炎を起こし、夫妻は夏の間はロンドンを離れて、田舎のボーシャムという所に労働者の小屋を借りて生活することになった。

『クライティリオン』創刊　エリオットはレイディー・ロザミアとの間で交渉して一年近く待った『クライティリオン』誌創刊がようやく実現し、ハーバート・リード（一八九三～一九六八）、F・S・フリント（一八八五～一九六〇）、ハロルド・モンロウなどの文学者をこの雑誌のための協力者として引きこむことができた。

『クライティリオン』の大きな特徴は、イギリスだけでなく広くヨーロッパから寄稿者をみつけ出して、イギリスの島国性を排するという点にあった。編集者の地位に就いたエリオットは、ヴァレリー・ラルボー（一八八一〜一九五七）、オルテガ・イ・ガセット（一八八三〜一九五五）、エルンスト・ロベルト・クルティウス（一八八六〜一九五六）など著名な文学者たちと、この雑誌を通じて交流する機会に恵まれたのである。創刊第一号（一九二二年一〇月）には、ラルボーによるジョイスの『ユリシーズ』に関するエッセイや、ヘルマン・ヘッセ（一八七七〜一九六二）の文章に混じって、『荒地』が載っている。

『荒地』出版事情

ところで、『荒地』は『クライティリオン』誌に発売される前、一九二二年一月に『ダイアル』誌に発表しようとしたことがあり、この雑誌が一五〇ドルを支払うという条件を出したのに、エリオットはこれを遥かにうわまわる額を要求し、相手を激怒させるという一幕があった。また他にも、パウンドに紹介されてアメリカの出版社ホレス・リヴライト社との間に交渉が行われたし、それ以前にもクノップ社（ニューヨーク）との間に二冊の本の出版をめぐる契約もあった。

『ダイアル』誌のスコーフィールド・セイヤーは、『荒地』を諦められず、リヴライト社と交渉の末、『ダイアル』がこの詩を印刷し、二千ドルを支払うことになっただけでなく、リヴライト社が出すこの本のうち三五〇部を引き受けることになった。エリオットはこうした好条件に恵まれたのだが、出版をめぐる交渉で骨を折ったのはジョン・クインで、エリオットは彼への感謝のしるしに、初期の詩の原稿だけでなく『荒地』の元の原稿を、このアメリカ人パトロンに寄贈した。

『荒地』は『クライティリオン』での発表からちょうど一か月たって『ダイヤル』の一一月号でも発表され、一二月に本の形でリヴライト社から千部が出版されたが、すぐさま第二版（二千部）が出た。それだけではなく、翌年九月にはウルフ夫妻のホガース・プレスからも小さな版で上梓された――ただ、この版は校正が行き届かず、誤植がある。

『荒地』刊行をめぐって興味深いエピソードがある。それは金銭上のことではなく、文学研究上の問題、詩はどう読まれるべきかという問題に関わるものである。すなわち、この詩が本の形で出版されたとき、作者が自注を付したのである。エリオットは、一冊の本としては薄いので、厚みを加えるためにそうしたと語っているが、注が書評者の注意をひき、そのため英米の大学でこの詩を「研究」の恰好の対象にして、後の「エリオット産業」という現象をつくり出すことにもなった。アカデミックな批評家は、目の前の詩自体が難解なものではあっても、エリオットの自注を読むことで、この作品のテーマや構造を研究することが可能になった。

『荒地』のラッパー　雑誌で発表したものと違ってNotes を加えてある。

『荒地』の反響

この詩の反響について少しふれておくと、エリオットの同時代人にとっては一つの衝撃であった。パウンドは、この詩が「一九〇〇年以降のわれわれの現代的実験の〈運動〉を正当化するもの」として歓迎したが、この「現代的実験」の中に、自分もまた参加しているという意識があったのは言うまでもない。

しかしアメリカでは、W・C・ウィリアムズ（一八八三〜一九六三）は、自分たちが推進している真にアメリカ的な詩を『荒地』が後戻りさせるものである、と反撥し、ハート・クレイン（一八九九〜一九三二）は『荒地』から西欧文明崩壊のメッセージを受け取り、それに対抗すべき楽観的なアメリカのヴィジョンを構築しようとして、野心的長詩『橋』（一九三〇）を書いたが、執筆の苦しみや疲労が災いとなって自殺したのは有名な文学史上の事実である。また、ウォレス・スティーヴンズ（一八七九〜一九五五）は一九二三年（『荒地』刊行の九か月後）にすばらしくもエクセントリックな『足踏みオルガン』を出版したが、評家の目がエリオットのこの作品に注がれていた故もあって、ほとんど無視されたのである。

イギリスでは、たとえばJ・C・スクワイア（一八八四〜一九五八）（所謂「ジョージ王朝詩人」の一人）は、この作品が理解不可能であると書評した——そういえばエリオットの友人で詩人のエイケンも、「この作品は計画を持っているからではなく首尾一貫していないのであるから、何かを説明しているのではなく、曖昧であるために」成功している、と言った。書評の読者はもちろんのこと、書評者自身にとっても、この作品の成功の理由はわからなかったに違いない。

この詩を賞讃した人たちの多くは、時代の病気を表現しているといった類《たぐい》の公的な理由をあげたが、一方、貶《けな》す人たちは、この作品が完全に私的な感受性の表現と文学的ゲームからなっていると考えた。このように二極化した受容の中間地帯に、実際はこの作品の存在理由があるのかも知れない――エリオットのプライヴェートな感受性は、時代の病気を敏感に受け取っていた人たちにとって、自分たちを代表するものとして映っただろうし、同時に、『荒地』が作品である以上、言葉の想像力溢るるゲームとしての要素を含んでいる――このように考えられるのではないかと思う。いずれにせよ、この詩には現代芸術の多くのものに見られる、均整感覚の放棄、コラージュとしての芸術の特徴、従来の美しさといった基準では受け容れられない諸々の現代的特性が見られることは事実である。

　そのような特徴は、書評子よりも大学生や若い作家たちに注目された。彼らはジャズのリズムや、都会生活のイメージや、『ユリシーズ』と比較できる文化人類学的神話や、アルージョンやパロディーといった遊びの要素に反応し、この作品が現代的感受性に訴えるものとして歓迎したのである。たとえば、イギリスの批評家、シリル・コノリー（一九〇三〜七四）はこの作品が読者を「洗脳するもの」だと考えた。

　『荒地』崇拝熱とも称すべき現象が生じ、多くの模倣者が現れたが、作者自身はこのような反応は予期できなかったに違いない。ともかく、この作品があまりにも有名になったため、エリオットは身動きができないような心理状態になった。

三、英国国教会に入信

「葬儀屋」エリオット　一九二三年になっても、エリオットは銀行勤務、雑誌の編集、それに伴う作家たちとの交際などで、創作にエネルギーを集中することができないという悩みを抱えたままであった。彼は人生上のさまざまな局面で慎重で、慎重さからくる不決断に伴う悩みは——衝動的であったとさえ言える結婚をほとんど唯一の例外として——その後もずっと続くことになる。そして、三月一二日付けのジョン・クイン宛の長い手紙で、自分はすっかり疲れたとこぼしている。そして、ヴァージニア・ウルフから申し出のあった『ネイション』誌編集の仕事を、悩んだ末に断っている。また、銀行を辞められないのは、そこから得られる収入がヴィヴィエンの生活にとってある程度の支えにもなっているからだなどと漏らしている。困難の連続ではあったが、エリオットは『荒地』とは違った長い作品を書こうとしていて、それは未完に終わった劇、『闘技士スウィーニー』である。この作品の一部は一九二三年九月に書かれたようだ。

悩みが大きかったのは事実で、それが性格と絡み合って、友人たちによそよそしさ、冷たさの印象を与えることが多かった。(彼の綽名の一つは「葬儀屋」であった。)また、ある時などは、明らかに顔に緑色のパウダーを塗って化粧して友人の前に現れたが、これは悩みを強調するためではなかっ

喫煙は晩年まで続いた。

たかと推測する人もいる。少なくとも、彼には自分をドラマティックに見せて楽しむ風があると思わせるようなエピソードが残っている。

エリオットは酒もかなり飲んだらしい（喫煙はほとんど生涯欠かさなかった）。妻が留守だったあるとき、住んでいたバーレイ・マンションズにストレイチー、ウルフ夫妻、その他の人たちを招いてパーティーを開いたが、ふだんは酔いを顔に出さないエリオットは飲みすぎて倒れ、意識不明になった。翌朝ヴァージニア・ウルフに電話をかけ、前の晩の行状を一〇分間も詫びたという。

一九二三年は、アメリカ人で英国国教の司祭になったウィリアム・フォース・ステッドという人物に会った年でもある。すでに一九一九年に、エリオットはジョン・ダン（一五七二～一六三一）と、英国国教会の神学者でウィンチェスターの主教であったランスロット・アンドルーズ（一五五五～一六二六）の説教を論じていて、後者の天才ぶりを賞揚し、この二人の著名な聖職者の説教を仏陀の「火の説教」と比較したが、本当の意味で信仰の道に入り始めたのはW・F・ステッドに会ってからだという——エリオットの宗教的感受性は、それより以前、ハーヴァード時代にすでに認められるけれども。

「空ろな人びと」

一九二四年——ヴィヴィエンは『クライティリオン』編集の仕事をするだけ

でなく、自分でも別名を使ってスケッチ風の散文を寄稿している。エリオットは『荒地』以後、散文も含めて満足できるものは何一つ書いていないという意識に悩まされていた。古典的作家の谺《こだま》や意図的に難解な部分を含む『荒地』とは違う詩風の作品を書きたい――日本の能のように形式がきちっとした厳しさによって儀式的意匠を示し、仮面を付けた役者や軽い太鼓の効果を利用した作品を書きたいと思っていた。そのため、当時の若いシリアスな作家から軽蔑されていた作家アーノルド・ベネット（一八六七～一九三一）と接触したが、作品は思うように進行しなかった。

創作が難航する状態で、エリオットは緊密な構成を持った、自分としては取り組みやすい作品を手がけることにしたが、これが『空ろな人びと』に収録された詩篇である。表題詩「空ろな人びと」は呪術のような行が特徴となっていて、『荒地』とは異なる直截なスタイルで貫かれている。この作品に、流産で終わった劇が姿を変えて現れていると言えるかも知れない。

これらの詩篇が最終的に完成されたのは、ようやく一九二五年の秋も晩《おそ》くなってからであるが、例によってパウンドに作品へのアドバイスを求めた。その頃、彼は詩人としての人生が終わったとまで感じていたらしい。創作上のこのような閉塞感はこれが初めてではなく、ほとんど周期的に彼を絶望の淵まで追いやるのであった。

一九二五年になると、自分のためだけではなく妻のために、別居について深刻に考え始め、そのことを友人と話すようになっていた。妻の病気がまたしても始まっていた――リュウマチ、神経症と覚しき状態が続き、神経症が原因だったのであろう体が完全に麻痺して動けなくなることもあった。また、肝臓も腸も影響を受けた。そうして自分が「怖ろしい奈落」に突き落とされているという感じに見舞われるのだった。一方、エリオットは女性の性的な攻撃性について考えこむことがあったらしく、そのことはたとえばエイケンが語っている。

九月に、エリオットは編集者としての才能だけでなく、実業家として作家や詩人をスカウトする力量も認められて、フェイバー社に入ることになった。フェイバー社は後にフェイバー・アンド・フェイバーと改名されるまでフェイバー・アンド・グワイアーという社名であったが、ともかく一九六〇年代の中頃まで詩の分野の有名な出版社である。フェーバー社はこの年の末にエリオットの『詩集――一九〇九―一九二五』を出版したが、この中には「空ろな人びと」も含まれている。

中世ヨーロッパへの憧憬

この詩集の書評は著者にとって、やや失望を感じさせた。彼自身も「空ろな人びと」の出来栄えについて、まだ懐疑的であった。しかし、ミドルトン・マレーはエリオットをニヒリストとして捉えた上で、思い切ってカトリック教に入信すれば文学的にも権威と伝統を見つけ出すことができるのではないか、と示唆している。この示唆に応えるかのように、エリオットはフランスへ講演の下準備も兼ねて出かけたとき、哲学者ジャック・マリタン（一八八二～一九七三）の著作を読んだ。マリタンは聖トマス・アクイナス（一二二五～七四）の思想にひかれて新トマス主義を唱えたが、エリオットがマリタンを読んだのは、それによってアクイナスの作品を現代の読者に近づけさせるかも知れない、しかもアクイナスの神学、哲学だけでなく中世ヨーロッパ文化（文学

フェイバー＆グワイアー社の前で（1926年）

をも含む）の持っていた秩序と統一性の感覚を、ダンテとアクイナスをよりどころとして、現代の混沌を理念の面で救出するのに役立てられるのではないか――そう考えたからである。（アクイナスは信仰と理性が調和し、神学と哲学が矛盾しないことを説き、彼の宇宙観ではいっさいが神を頂点とする階層性を保っている。）そうすれば、シャルル・モーラスの世俗的・国家主義的な思想を高めて、それに階層性《ヒエラルキー》の枠を設けることが可能である、と。エリオットは一九二六年の一月から三月にかけてケンブリッジ大学で講義を行うことになっていて（表題は「一七世紀の形而上詩人」）、この未発表の講義の目的は、一七世紀の詩をダンテを柱とした中世ヨーロッパの視点に立って批判し、思想の崩壊が存在論から心理学へと、客観的価値から主観的真実へと辿ったことにあるとする、近代思想の軌跡を辿ることであったようだ。

エリオットは一九二六年三月に、スローン・スクエア近くのチェスター・テラス五七番地に引越した。妻は春も夏も、時には独りでヨーロッパのさまざまなサナトリウムへ旅行した。『クライテイリオン』誌の仕事はエリオットの自宅からフェイバー社のオフィスへ移されていた。

この年、親族と一緒にローマを訪れたエリオットは、ミケランジェロの「ピエタ」像の前で突然跪《ひざまず》いて家人を驚かすようなことはしているものの、彼が入信のための訓練を受けていたのはローマ・カトリック教ではなく、アングロ・カトリック教（英国国教会高教会）のためで、そちらの方が彼には合っていた。この頃にはすでに、英国国教会の早朝礼拝に出かけるようにもなっていた。

入　信　一九二七年六月二九日、エリオットはグロスタシャーのコッツウォルズにあるフィンストック教会で受洗し、英国国教会に受け容れられたが、このとき妻は列席せず、また教会の入口にある聖水盤の前に大人が立っているのを誰かが見て面喰うことがないように気を配ったという。式は終始秘密裡に行われたが、終わると翌日はオックスフォード主教の公邸へ車で連れて行かれて、そこの礼拝堂で堅信礼を受けた。エリオットの信仰については、スペンダーはこんなエピソードを語っている——ヴァージニア・ウルフと同席した際に、祈りの意義は「注意を集中し、自己を忘れて、神との一致を達成する」ことであるとエリオットは語った、と。また、人から信仰の内実について直接尋ねられると、使徒信経、聖母マリアと聖者たちの祈り、告解の秘蹟を信じている、と率直に答えたといわれる。

意識的にイギリス人になろうとする　この年の一一月には、彼はイギリスの市民権を取ったが、自分はイギリスに居坐る人間と見られるのは好ましくないし、イギリス人としての責任を十分引き受けたい、という意味のことを述べている。この頃にはすでに、服装に限らず物腰も態度もイギリス風になっていたらしい。メアリー・コラムという女性は彼と一緒に典型的なイギリス風のレストランで食事をしたとき、エリオットが食前にシェリー酒を飲み、食後はポートワインを飲んだと語り、「彼はイギリス文化がまるごと大好きでした」と付け加えている。そうはいっても、エリオットには、自分がイギリス「居住外国人」という意識が完全に拭い去られてはいなかったことを示すエピソードもある。

作家活動

創作面では、前年にフランスの詩人・外交官のサン＝ジョン・ペルス（一八八七〜一九七五）の長詩『アナバース』を英訳したが、これも例によって詩作面での行き詰まりを打開するためであった（翻訳が出版されたのは一九三〇年）。一九二七年にはジェフリー・フェイバーの依頼で、クリスマス用の挿絵入り「エアリエル」シリーズのために一篇を書いたが、これは「東方の三博士の旅」である。回心者として明白にキリスト教的主題を扱ったこの詩は、ランスロット・アンドルーズの説教を利用した半ば口語体のスタイルを導入しながら、やや物悲しい調子で精神的な旅を扱っているが、かなり平明な叙述の中に、読者は以前のエリオットの光るような才能を感じ取ることは難しいと思われる。

一方で、ジャーナリストとしての活動には、やや意外なことにエンタテインメントに対する関心が見受けられる。たとえば一九二七年の『クライティリオン』に彼は小説家ウィルキー・コリンズ（一八二四〜一八八九）に関する長いエッセイをはじめとして二四篇ほどの探偵小説について書評を書いている（彼はパーティーでの余興にシャーロック・ホウムズから長い一節を引用したこともあるという）。また「スリラー」物をあるレベルでの一種のメロドラマとして位置づけていたし、ジェイムズ王朝（一六〇三〜二五）の劇に対する興味も持っていて、その時代のドラマは罪と罰の物語として彼の心から遠い世界のものではなかったことを示唆している。殺害のドラマといえば、エリオット自身の書いた『一族再会』中の罪の意識に悩まされる主人公とエリオットの間には何らかの関係が隠されているかも知れないのである。

母の死

一九二八年には、エッセイ集『ランスロット・アンドルーズのために』も発表されたが、英国国教会の形成史において際立った神学者、主教、欽定訳聖書翻訳者の一人でもあった一七世紀のL・アンドルーズを讃えるエッセイに、エリオット自身の宗教的回心が表れている。また、この本に収められた「われわれの時代のボードレール」と題するエッセイは、エリオットが同時代のイギリスの作家、たとえばバーナード・ショー、H・G・ウェルズ、リットン・ストレイチーを高く評価せずに、一九世紀のこのフランスの詩人に親近感を持っていることを示している。呪われた詩人、ボードレールについては、彼が本質的にキリスト教詩人であり、彼の儀式に向かう傾向はキリスト教の外的な形式に結びついていることから生じるのではなく、生来キリスト教的であった一つの魂の本能から生じる、と論じているが、ここにエリオットが比喩的な意味でボードレールに真実の聖杯を探し当てたと見ることができる。

『ランスロット・アンドルーズのために』の「はしがき」で、自分は文学上は古典主義者であり、政治上は王党派であり、宗教上はアングロ・カトリックである、と宣言している点が多くの読者の注目を集めた。この宣言は、アーヴィング・バビットから新しい立場を明らかにしたらどうかと忠告されたのに応える形で、いかにも手短に表明したものであるが、そもそもは一九一三年三月号の『ラ・ヌーヴェル・ルヴュー・フランセーズ』におけるシャルル・モーラスの説明に由来する。いずれにせよ、この宣言は反動的で妥協の余地のない、不寛容な――さらに、おそらくは時代錯誤的な「王党派」という要素を抱えこんだ――言明として誤解を招くものであったことは疑うべくもない。しかし、ハーバート・リードのように「文学上はロマン主義者、政治上はアナキスト、宗教上は不可知論者」であると自ら言明している作家も、エリオットと一緒に仕事をする上で少しも支障はなかった。

さて、一九二九年九月に母シャーロットが死亡して、エリオットが苦悩したことは妻の日記にも見えている。息子がヴィヴィエンと結婚したこと、家族の宗教、ユニテリアニズムとアメリカ国籍を放棄したばかりか、彼女の目から見てよく理解できなかったであろう作品を書いている――そんな母の気持を察すれば、彼女に対する愛惜の念には罪悪感も伴っていたと解してよいだろう。母が死亡した頃、エリオットはダンテに関して執筆中であり、母の死から一か月して発表された「小さ《アニ》な魂《ムラ》」という詩は、ダンテの「無垢な魂《ラニマ・センプリセッタ》」の描写を利用していて、幼時の世界と、その世界が汚点のように拡がる時間と経験の世界を対比的に描出している（P・アクロイド）。この詩の執筆中に、エリオットは幼年時代とその後の人生を考えていたのであろう。

『聖灰水曜日』

一九三〇年三月に発表された『聖灰水曜日』では、聖書、ミサの祈禱式文、ダンテからの借用などが目立っているが、この作品も、改作の過程では個人的な言及と思われるものが非個人的なものへと変容されているのが特徴となっている。ダンテについては、ケンブリッジ大学での講義以来、キリスト教ヨーロッパ文明を最高の姿で表現したものであると、エッオットは考えていた。彼にとって、ダンテは文化的・社会的秩序を体現した存在である。『聖灰水曜日』については、彼自身がこの作品は神を求める人間という文脈で自分の最も力強い感情を明晰にしたものであると説明しているが、このことについてW・H・オーデン（一九〇七～七三）が、エリオットの詩の大半のインスピレイションは、いくつかの強烈な幻視的経験から由来する（幼児へのノスタルジー）、と述べているのは、要点を衝いていると思われる（オーデンも幼児に英国国教の母親の薫陶《くんとう》を受けた詩人である）。

『聖灰水曜日』を発表することで、エリオットはキリスト教徒の仲間から受け容れられたが、彼の詩そのものがたとえば聖職者の社会に理解されたというわけではない。英国国教のありきたりの敬虔さで自己満足している人たちにとって、この詩もまた捉えにくい内面性を持っていて、その内面性はエリオットの個人的な、忘れがたい悩みと関係していたのである。また、それはエリオットがニューイングランドの文化から引きずってきたピューリタン的精神が彼の信仰の中核にあったからでもあって、たとえばポール・エルマー・モア（一八六四～一九三七）に宛てた手紙（一九三〇年六月二日）が語っているように、「神の栄光のために堕地獄を蒙る」ことがエリオットにとって文字通りの真実であるということ、つまり地獄を恐れると共に地獄を信じることがあったからであろう。表面はダンディーぶりを発揮していたエリオットは、ダンディズムの元祖とも称すべきボードレールのように、人間の栄光は「堕地獄を受け容れる能力」にも存すると考えていたのである。堕地獄はエリオットにとって死後の永遠の観念であるだけでなく、現実の日常生活に関しても言えることであって、このような考えがあってこそ、逆説的に、地獄のような現実生活での苦しみを越えた高い精神的次元に立って現実社会を冷静に判断する力も生じたのである。地獄を信じることは、したがって、エリオットの精神を自由にするバネでもあった。

ところで、エリオットのピューリタン的精神に関して興味深いエピソードがある。オットリーン・モレルが紀元前四、五世紀のあるギリシア彫刻の写真を見せたとき、彼は背筋が薄気味悪さで「ぞくっと」して、この彫像が「蛇崇拝」に近いものだ、と言ったというのである。このエピソードは、エリオットがヒューマニズムに悪と暗黒を認めていた例と考えることができるかも知れない。

ひんやりさせる冷静さ

エリオットは仕事の面では、フェイバー社の編集者として、オーデンの才能を認めたり、ジョイスの『フィネガンの徹夜祭』の出版契約をしたり、パウンドの作品を出版したりした。また、その後も、所謂「オーデン・グループ」（オーデン、

フェイバー社のパーティ（1960年）で，左からスペンダー，オーデン，テッド・ヒューズ，エリオット，ルイ・マクニース

スペンダー、マクニース（一九〇七〜六三）など）だけでなく、ジョージ・バーカー（一九一三〜九一）、ヴァーノン・ウォトキンズ（一九〇六〜六七）をはじめ、アメリカの詩人でエリオットのライヴァルでもあった、対蹠的な詩風や信条の持主、ウォレス・スティーヴンズをも出版しただけでなく、さらに若い、第二次大戦後のフィリップ・ラーキン（一九二二〜八五）、テッド・ヒューズ（一九三〇〜）、トム・ガン（一九二九〜）などを世に送り出した。これはエリオットの編集者兼ビジネスマンとしての才能が発揮された例である。

　私生活面では、相変わらずヴィヴィエンとの間が苦悩に点綴されていた。そのことは、たとえば一九三〇年の秋のエイケンとエリオット夫妻の食事の際に、夫妻が凄まじい嫌悪の視線を投げつけあっていたというエピソードにも現れている。この年には、妻の兄弟モーリスが彼女を私設の精神病院に入れる計画があるという含みのある話をしていることからも、二人の生活の破綻ぶりが窺われるだろう。同時に、ヴィヴィエンにとっては、夫が不可解な人間に映ることが多かったようである。

　一九三〇年のD・H・ロレンスの死に際して、小説家のE・

別居直前のエリオット夫妻 中央はヴァージニア・ウルフ（1923年９月）

M・フォースター（一八七九〜一九七〇）はある雑誌に追悼文を寄せ、「われわれの世代の最大の想像力豊かな小説家」と呼んだが、エリオットはこの雑誌に、フォースターが表現したロレンス評価を糺問するような手紙を書いた。フォースターと違うこのような非寛容的と見える態度は、一九四一年のヴァージニア・ウルフの死に際しても見られるのであって、ハーバート・リードの言ったエリオットの「ひんやりさせる冷静さ」は、結婚生活でも全く見られなかったものではないようである。

妻との別居

エリオットが妻と別居したいという考えを抱くようになったのは一九二三年頃であったが、この考えを実行する機会は、一九三二〜三三年の学期（一〇か月）にハーヴァード大学のチャールズ・エリオット・ノートン記念講座で講義するという形で訪れた。一九三二年九月一七日に、彼はサウサンプトンを船で出発して、モントリオール経由でボストンへ行ったが、この旅行はエリオット夫妻の重大な生活上の時期に決められたのであり、この決定で彼自身は永い間苦しむことになった。

アメリカ再訪は一七年ぶりであったが、エリオットは結婚が破滅へと進む過程から、アイロニックなことに自身を公的かつ権威ある文学者像に変えてしまっていた。アメリカ到着と歩調を合わせるようにして、アメリカ版の『詩集――一九〇九―一九二五』と『エッセイ選集――一九一七―一九三二』だけでなく、ジョン・ドライデンに関する小さな本も出版されたのである。

「詩はバカ者のゲーム」

ボストンとケンブリッジを隔てるチャールズ河近くのエリオット・ハウスB11に住むことになった彼は、学生のために毎週イギリス風にティー・パーティーを開いたり、親族と会ったりしたが、必ずしも気楽な心境ではなかったらしい。イギリスを発つ前に講義の準備をする余裕がなかっただけではなく、妻のことが気懸りでもあり、また、学生時代に感じたように、ボストンとハーヴァードの雰囲気が気づまりに思われることもあったからである。

講義は『詩の効用と批評の効用』と題されて翌一九三三年に出版されることになるが、エリオットはタイプライターの前に坐っているときに較べて、人前で講義をすることはあまり性に合っていなかったらしく、講義が始まる何日も前から神経質になったようだ。『詩の効用と批評の効用』はドライデン、コウルリッジ(一七七二～一八三四)、マシュー・アーノルド(一八二二～一八八八)などを論じているが、詩の最終的定義を差し控えながらも、創作が知的・倫理的な批評活動と分かちがたく結びついているとする態度が浮かび上がっている。このような態度はすでに英米の大学で確立されていた一般的な態度を反映しているものである。

また、この本では、詩人が用いるイメージ群は幼年期以来の感受性の生活全体から由来し、われわれが覗きこむことのできない感情の深みを表現したものである、とも述べている。このような見方は、神秘めかした態度で読者を煙に巻くものと受け取られる要素を含んでいるが、いずれにせよ、詩は個人的な現実の感情を、意識的かつ有機的なレベルの、個性から脱却した芸術にまで変容するものだという彼の主張と矛盾するものではない。また、エリオットはこの本の中で、詩は「キャリア」ではなく「バカ者のゲーム」である、とも述べているが、自ら詩人でありながら、このような発言をする背景には、ピューリタン的自己抑制が精神的習慣として存在しているのかも知れない――いずれにせよ、詩は「強力な感情の自然な発露」であると述べたときのワーズワス（一七七〇～一八五〇）や、「芸術のための芸術」を唱えた一九世紀末のオスカー・ワイルド（一八五四～一九〇〇）などの考え方とは遠く隔《へだ》ったものである。

講演旅行

滞米中、彼は収入を得る必要もあって、さまざまな講演を引き受けた。クリスマス休暇中に、UCLAの後は南カリフォルニア大学で、ノンセンス詩人としてスウィンバーン（一八三七～一九〇九）、エドワード・リア（一八一二～一八八八）、ルイス・キャロル（一八三二～一八九八）について語った――ところで、カリフォルニア州は彼は猛烈に嫌いだった。また、一月に入ると、生地セントルイスを訪ねて講演し（「シェイクスピア批評の研究」）、ニューヨーク州バファロー、ボルティモア（ジョンズ・ホプキンズ大学）へ飛ぶといった具合である。そして、二月初めにはハーヴァードへ戻り、講義の残りをした。また、疲労が溜まってはいたが、イェール大学で「書簡作家としてのイギリスの詩人」という講演をしたが（二月二三日）、イェールではエリオットのことを軽薄ではないかと思った教授たちもいたようである。

『異神を求めて』

他にもいくつかの大学を巡っているが、ヴァージニア大学では契約によってペイジ＝バーバー記念講演を行い、これは『異神を求めて――現代の異端入門』（以下、『異神を求めて』と略記）として一九三四年に出版された。この講演では、現代作家を説明するのに古典主義とロマン主義という対立項を用いずに、「正統」と「異端」という用語を使って、友人のパウンドを攻撃し、D・H・ロレンスを「病的な人間」であるとこきおろした（この二人の同時代人については、後年、自説を撤回することになったが）。また、アメリカ社会はリベラリズムによって虫喰い状態になっているとか、アメリカは「外国の人種に侵略されている」とか、国民は理想的には同質的《ホモジーニアス》であるべきで、宗教に捉われずに自由な考え方をするユダヤ人が多勢いるのは「好ましくない」などと、人種差別的、反ユダヤ的な発言をしている。

この本は著者自身、再発行を認めなかったが、彼は後年、この講演をしたとき自分は「非常に病的な人間」であったと認めている。妻との別居を決意した人間の内面が、この講演のややヒステリカルな論調にある程度反映しているかも知れない。

また、自分が南部の生まれであることを忘れていたのか、ヴァージニア人の聴衆に向かって、私は「あなた方の国にとって異邦人であります」とか、自分は「ニューイングランド人として話しています」とも言ったが、些細な傍白と称してもよいこのような発言を、批評家のエドマンド・ウィルスン（一八九五〜一九七二）はエリオットの個性の「首尾不一致」を表すものであると見ている。同時に、アメリカ人としてのこのような矛盾があればこそ、エリオットは現実を超えた次元での精神的秩序を激しく希求することにもなったのであろう。

一九三三年六月、彼は帰英直前に、母校のミルトン・アカデミーの卒業式で講演をし、生徒たちを前にして、詩を書く人間は困ったことをひき起こすから、大人になって自分のようにつらい経験をしなくともいいように、よく考えて欲しい、などと語った。

エミリー・ヘイルとの間柄　比較的楽しかったと言える滞米中に、エリオットはエミリー・ヘイル（一八九一〜一九六一）という女性とかなり頻繁に会っていて、この女性の彼に対する親しみに溢れた敬意は、ボストン在住の親族との久しぶりのうちとけた再会とともに、心をなごませる経験であった。

そもそも、エリオットがエミリー・ヘイルという女性に会ったのは二〇年前の一九一三年二月一七日であったといわれる。この日、青年エリオットはハーヴァード大学のあるケンブリッジの叔母、ホウムズ・ヒンクリー夫人の家で素人の寄席演芸会《バラエティー・ショウ》に出演して、——観客は親戚、友人、隣人などである——そのとき、いとこのエリノー・ヒンクリーの友人であるエミリー・ヘイルも歌を歌ったりした。エリオットがエミリーに抱いた恋心がどの程度のものであったかは未だわかっていないが、ヘレン・ガードナーという学者は、二〇年後グロスタシャーの荘園、バーントン・ノートンのバラ園でエリオットの郷愁をかきたてたのが他ならぬエミリーではないか、と示唆している。（バーントン・ノートンはエリオットの大作『四つの四重奏』に出てくる村の名前である。）エミリーは、一度も結婚せず、アメリカの大学で演劇の教師となり、彼と二千通にのぼる手紙を交換したが、この手紙はプリンストン大学に保管されていて、二〇二〇年まで開封できないようになっている。

エミリー・ヘイル

四、ヴィヴィエンと別居――『四つの四重奏』

妻との別居

エリオットは帰英後、七月に弁護士たちの立会いのもとで妻と正式な会談をもった。この頃、ヴィヴィエンは初めて事態の真相を知ったようである。エリオットは別居してから、友人や妻の兄弟モーリスを通じて彼女を監督した。彼女はしかし、夫がいずれは自分の許に帰ってくると確信して、クラレンス・ゲイト・ガーデンズ六八番地で待ち続けたのである。

エリオットは帰英後二か月して、ある宗教的ページェントのコーラスを書くよう委嘱されていて、この委嘱によって創作への意欲をかきたてられた。それは『岩』で、ロンドン北郊の急速に開発された地区、「ニュー・ロンドン」にある四五の教会の基金をつくるためのページェント用に、韻文のコーラスの執筆を担当することになったのである。(「岩」という言葉は堅固な信仰心を象徴する。)そして、出来上がった作品は聖書と祈禱書の調子を利用した宗教的目的の明白な作品であり、エリオットの友人の中には、彼が説教のために詩を放棄したのではないか、と考える人もいたが、多くの人に理解されて大成功であった――毎晩、千五百人もの観衆が集まったと言われる。

この頃から彼は自分を必死に探し出そうとするヴィヴィエンから逃げ廻っていたが、ウィンダム・ルイスは当時の彼について「神の何かの懲罰から逃げている」人間のような顔をしていた、と語っている。たとえば、一九三四年九月一七日に、ヴィヴィエンは「タイムズ」紙に、夫の帰宅を求める広告文を送った（もっとも、広告は掲載されなかったが）。また、夫が勤めているフェイバー社まで尋ねに来ることも多かったという。彼女のこの頃の日記には「自分をばらばらに引き裂いている一人の女の異常な姿」が表現されているらしい。

『岩』公演の頃に、エリオットの宗教的関心は社会的拡がりを見せて、たとえば、社会主義の導入によらずに富の再配分を唱導したソーシャル・クレジットに興味を示したりした。

『寺院の殺人』

一九三五年は、彼の生涯の創作活動で好調が持続した時期と言える。『クライティリオン』誌の仕事の他に、収入を必要とする理由もあって『ニュー・イングリッシュ・ウィークリー』その他の雑誌に定期的に寄稿していたが、この年の初めに、ベル主教から前年に依頼されていた、カンタベリー大寺院と因縁のある劇の創作に取り組んでいた。これは一二世紀にカンタベリー大寺院の大司教トマス・ベケットが、ヘンリー二世の教会政策に反対したため、王に派遣された騎士たちに同じ寺院で殺害されるという殉教者の物語である。

エリオットは『岩』の創作を通じて韻文の合唱の書き方を学んではいたものの、劇中の対話にはさほど自信がなかった。そのためか、『寺院の殺人』執筆の過程で、ある部分の草稿をグループ・シアターのルパート・ドゥーンに送って批評を求めたりした。

「寺院の殺人」のリヴァイヴァル（1951年）で俳優に語るエリオット

一九三五年六月一九日、劇はカンタベリー大寺院の参事会会議場で初演され、七百人ほどの観衆を集め、批評もほとんど一致して好評だった。これは、エリオットが詩と信仰を、特にハーヴァード時代からのテーマであった殉教というテーマを組み合わせて初めて成功した作品である。『寺院の殺人』は二二五回の公演の後、地方巡りをし、ロンドンのオールド・ヴィック劇場で上演されただけでなく、一九三六年にはBBCでも放送された。パウンドを別にすれば、ほとんどすべての人がこの劇に感心したようである。

「バーント・ノートン」

エリオットはこの劇の製作中に、事件の進行とは関係のない、しかしそれ自体としてはよく書かれている詩行を削除することになったが、そうした詩行の一部は、『四つの四重奏』の最初の「バーント・ノートン」で活かされることになるが、それは過ぎ去った時間をめぐる省察の部分である――「今在る時間と過ぎた時間は／おそらくは共に未来の時間の中に在る

バーント・ノートンの乾いた水溜り

……」

「バーント・ノートン」だけでなく他の三篇も含めて『四つの四重奏』全体が一般に宗教的・哲学的な詩として受け取られてきているが、『寺院の殺人』の創作を通じて得た話し言葉の調子がこの詩に活かされている点は無視できない。このような特徴は、詩が明白な形で社会的効用を持つことのできる、弁士としてのエリオットの詩の一面にスポットライトを当てることになる。

一七世紀に焼け落ちた家の名前から由来する荘園、バーント・ノートンと、そこにある庭へ、一九三四年の夏、エリオットはエミリー・ヘイルと同行した。エミリーはたまたま近くのチッピング・キャムデンという村で親戚の家に滞在していて、エリオットも彼女がいたこの家に泊ったこともあるという。この家の所有者、パーキン夫妻はアメリカ人で、夫妻はエリオットが故国の家庭的雰囲気をいかにも懐しがっていたことを語っているが、エミリーという女性はそうした雰囲気を体現した存在であったらしい。エリオットとエミリーの親密な関係は第二次大戦によってこわされるまで、ヴィヴィエンとの別居後六年間続いたのである。

エミリーの滞英中、エリオットと彼女はまるで夫婦かと見紛うような感じで、エリオットの友人の間を出入りしていた。二人は結婚してもおかしくはないように映ったらしい。

エリオットは交際する相手にふさわしい態度や言葉遣いをする才智に恵まれていたようである。たとえば、一九三〇年代中頃のパウンドとの文通では、ヤンキーであるパウンドに対してヤンキーばりの言葉や表現を使って応じるとか、出版社の同僚に対しては、上層中流階級の人士にふさわしい態度を示すとか、教会の中心的人物に対しては自分もその一員であるように付き合うといった具合である。このようなエリオットの特徴は自己防衛、またはいわば保護色を装うことが巧みであったからだと言えなくもないが、同時に、相手に対して自分のそれぞれの役割を演ずることで、内気で神経質な一面を覆い隠したり保護したりすることにつながったのかも知れない。

権威ある詩人

一九三八年の初めに『古今エッセイ集』が、また一か月後には『詩集――一九〇九―一九三五』が出版されたが、後者には「バーント・ノートン」が含まれている。前者は、『ランスロット・アンドルーズのために』の中の半分ほどのエッセイの他に、比較的最近の「宗教と文学」「カトリシズムと国際的秩序」「現代教育と古典」などのエッセイを含んでいる。これらの新しいエッセイは、『異神を求めて』で始まったテーマを推し進めたもので、現代文化で世俗性が支配的になっていることを攻撃している。

この時期のエッセイは、一九二〇年の『聖なる森』に見られるような理論的な定則《フォーミュラ》や用語に煩わされずに書いた詩人論となっていて、テニスン(一八〇九〜九二)、ミルトン(一六〇八〜七四)、バイロン(一七八八〜一八二四)などを扱い、さらにアメリカの女性小説家、ジューナ・バーンズ(一八九二〜一九二八)の作品『夜の木』に寄せた「はしがき」があって、それらを読むと、エリオットが理論的ドグマに足枷をはめられずに、伝記的事実に言及し、心理的洞察を示していて、批評家としての鋭さが見られる。

この頃のエリオットは批評家としての地位も固まり、『詩集』が初版は六千部で、一一年間に一一版を重ねるという事実が裏書きするように、権威ある詩人といった重みが出ている。また他方では、若い詩人たちはエリオットの詩作品にはそれほどの関心を示さなくなっていたが、それは彼が『荒地』の作者とは全く違った詩人になったと受け取ったからである。

オーデンの全集を編集中のエドワード・メンデルスンは、「三〇年代詩人」の代表的存在であったオーデンについて、こう断定している――「イェイツ熱が下火になった一九四二年頃、オーデンは(『しばしの間』で)お清めに弁明のジェスチャーでもするように『バーント・ノートン』のエリオットに目立った形で言及した。この後、イェイツ(一八六五〜一九三九)とエリオットの声は彼の作品からほとんど完全に消えた」。オーデンはエリオットの影響から離れて独自の詩風を築きつつあった。

『一族再会』

一九三六年五月に、エリオットは、ニコラス・フェラーが一七世紀に宗教的集団を創設したハンティンドンシャーの村、リトル・ギディングを訪ね、そこにある小さな礼拝堂に入った。また翌年の八月は、彼の祖先アンドルー・エリオットが二世紀以上も昔、アメリカへと旅立ったサマセット州の村、イースト・コウカーを訪れた。このような村を訪れることは、エリオットにとって個人的で、感情的な、また想像力を刺激する意味で大きな意義を持っていたことであろう。

一九三七年に——すでにスペイン内戦は始まっていたが——エリオットはこの戦争に対する態度を問うアンケートに、「私は当然、同情を寄せていますが、それでもやはり、少なくとも何人かの文学者は沈黙を守るのが最善であると確信しています」と答えて、ファシズム、ナチズム、共産主義、自由主義のイデオロギーが投入されて第二次大戦の前哨戦となったこの重大な事件に言質を与えることを拒んだ。このようなエリオットの態度には、彼に特徴的な懐疑主義が潜んでいるのであろう。

彼は一九三六年の初めに『一族再会』を書き始めていて、これは第二次大戦勃発の数か月前、一九三九年五月二一日にウェストミンスター劇場で開幕となった。この劇は、観客にとって把握しにくい象徴性と、背景になっているリアリズムが融和せず、劇評も毀誉褒貶半ばするものがあり、五週間で幕を閉じた。

『一族再会』では、モンチェンシー卿であるハリーという人物がヒーローで、母親や親戚が待っている家に八年ぶりに帰宅する。ところが、ハリーと一緒にやってきたのが〈復讐の三女神《フューリーズ》〉で、この幽霊とも称すべき人たちは、筋の要所要所に出現する。そして、ハリーはこれらの超自然的存在に注視されることに耐え切れない。その一方で、自分は妻を殺害したと信じているため、彼女たちの存在を理解できるのである。また、ハリーの父親は、ハリーの母親を殺したいと思ったものの実際には手を下さなかった、という筋が加わっているが、これは家族内のいわば呪いともなっているのである。

こうした複雑な事態の中で、ハリーは次第に自分の運命にめざめ、最後には家族を棄てて、「選ばれた者」として舞台を去る。母親は彼が家を去ることにショックを受けて死ぬ。

ハリーの内面――自分が妻を溺死させたらしいと思うことからくる秘めた罪悪感を現すことが、この劇の核心と言えるであろうが、そうした主人公には、ヴィヴィエンを精神病院にまで追いやったという作者の自責の念が反映されているのではないか、と指摘する人もいる。ハリーが妻を「そわそわして、顫えている、絵具で描かれた影」であると描写する件《くだ》りがあって、エリオットの友人たちは当時のヴィヴィエンがまさにこの描写そっくりだと証言している。しかし、ハリーとエリオットを同一視することには無理があるようだ。作者自身は、自分はハリーの叔父でチャールズという教養ある「クラブの人間」に一番近い、と語っているからだけでなく、それ以上に、他の登場人物にも作者の内面の声が投影されているからである。

いずれにせよ、この劇は社会的リアリズムとは違い、舞台上のアクションよりも言葉のレトリカルな創造や〈復讐の三女神〉の持つ象徴性など、エリオットの得意な面が活かされていて、商業演劇としては成功を収めなかったが、彼の劇作の中で最も力強いものになっている。

ネガティヴな社会とオールド・ポサム

一九三八年九月は、ヒットラーとイギリスのチェンバレン首相の間で条約が結ばれたが、エリオットはそのことに西欧文明の崩壊感を一段と強めた。自国イギリスに恥ずかしさを覚えただけでなく、気の滅入るような状態に陥ったが、それには劇の失敗が要因の一つとなっていたであろう。

内外の閉塞感が募っていたこの頃、一九三九年一月に、エリオットは『クライティリオン』誌廃刊の決意をした。この雑誌は、発行部数が一番伸びたときでも八百人の購読者しかなかったと言われ、読者の大半は、スペンダーによれば、「エリオット・ウォッチャー」であったという。第一次大戦前の西欧文学の伝統を育んだジャン・コクトー（一八八九〜一九六三）、ポール・ヴァレリー（一八七一〜一九四五）、マルセル・プルースト（一八七一〜一九二二）などの寄稿を得て、広いヨーロッパ的視野を持って出発し、発刊時にはウィンダム・ルイス、ジョイス、パウンド、またエリオット自身が革命的なモダニズムの実験をしたのであるが、一九三〇年代に入るとイギリスの寄稿者に一段と頼らざるを得なくなり、また世界の政治情勢が絶望的な様相を深めていただけでなく、雑誌自体の精気も薄れているというエリオット自身の気持もあった。雑誌の廃刊はいわば必然的だったと言ってよいだろう。

彼は一九三九年三月、ケンブリッジ大学で講演をしたが、それはこの年に『キリスト教社会の理念』として刊行された。この本は現代の「ネガティヴな」社会を問題にしているが、「ネガティヴな」社会的情況の背景には、ヨーロッパの民主主義が抱えている弱点、たとえば産業社会の発展による無感覚な市民の大量出現——ヒットラーのような暴君に煽動されやすい大衆の出現——が見られるという洞察がある。そして、キリスト教が国家の政治の大きな枠として働いて秩序を生み出さなければならないという主張をもりこんでいる。

しかし、彼の散文はイギリス社会を具体的なディテールによって捉えてはいず、社会を改良するための具体的処方も示していない。それでも、一方では、大地の搾取を防ぐためには自然と人間の間の適切な関係を考慮しなければならないといった発言が含まれていて、これなどは地球規模のエコロジーが問題になっている今日では、はからずも預言的発言となっていると言えるのではないだろうか。

ウインダム・ルイスによるエリオットの肖像画（1938年）

一九三九年にはさらに、『おとぼけおじさんの猫行状記』というノンセンス詩集を発表した。「おとぼけおじさん」(Old Possum)はパウンドがエリオットに与えた綽名で、「ポサム」という動物は敵に会うと死んだふりをすることで知られるが、エリオットの一面を見事に表現している。この本に収録された詩篇の多くは、もともとフェイバー社の同僚の子供たちのために書かれたものである。このノンセンス詩集は、エリオット自身がストラヴィンスキーに向かって、マラルメ(一八四二〜一八九八)にも比肩し得る大詩人として称揚したエドワード・リアの伝統を継ぐもので、ことば遊びはエリオットに限らず「シリアスな」他の詩人の詩の表面下に潜んでいる要素でもある。猫のような小動物を愛したエリオット自身も巧みなノンセンス詩人の一面を持っていて、それは彼の気性に組みこまれたものであるようだ。この詩集は一九八一年にロック・ミュージカル「キャッツ」としてロンドンで初演され、ニューヨーク、東京でも大当たりをとった。

わが終わりに わが始まりはある

第二次大戦の開始とともに、エリオットは日常生活のペースを保ちながら長く陰鬱な季節を生き抜く覚悟をしたようである。一〇月には発熱の伴う風邪を引いた。そして、ラジオ放送の談話を求められても、話す材料は何一つ思いつかないと言って断った。同時に、知人たちと同様、「戦争努力」に協力すべく、社会に役立つためにケンジントン地区の空襲警備員となり、この仕事は一九四五年まで続いた。

　戦争という外的情況に加えて、『一族再会』の失敗で生じた創作面の一頓挫にもかかわらず、彼は目を内面に向けて、「バーント・ノートン」を引き継ぐ作品として「イースト・コウカー」に着手し、一九四〇年二月にはこの詩の五つのセクション中の二つの草稿を書き上げていた。そして、これまでの例にもれず、草稿をジョン・ヘイワードやハーバート・リードに送って意見を求め、激励を仰いだ。

　「イースト・コウカー」は、彼がこれまで関係していた『ニュー・イングリッシュ・ウィークリー』誌のイースター号（一九四〇年）に発表され、非常な人気を博した。そして、フェイバー社は九月にパンフレットとして刊行したが、一万二千部近く売れたようだ。このような事実もまた、エリオットが戦時のイギリス社会に役立つ仕事をしたことを示す。この詩の発表の時期は、ナチス・ドイツがイギリスを侵略するかも知れないという危機感が高まっていて、この作品が歴史と伝統の連続性を示唆していると受け取る読者もいたのである。そのような公的な時間の意識と切り離せない形で、詩人自身の立ち直り、いや再生の可能性がこの詩の結びの「わが終わりにわが始まりはある」という行に秘められていると考えることも可能である。

この年には、エリオットはニューヨーク世界博覧会に出品されたイギリスの戦争写真展に添えた「イギリス群島の防衛」という愛国詩も発表している。また、六月には、前年に死去したW・B・イェイツを記念する最初の講演を依頼されてダブリンへ赴いたが、これは、四年前の『コレクテッド・ポーエムズ』刊行の頃から批評家たちがほとんど一致していた、イギリス詩壇に占めるエリオットの地位を改めて確認する象徴的な行為であった、と言える。

一九四〇年九月二日にロンドンに対するドイツの電撃空襲《ザ・ブリッツ》が始まると、一〇月に、彼はロンドンから通勤可能な距離にあるシャムリー・グリーンという村へ引越した（戦争終結までここで暮らすことになる）。

『四つの四重奏』の完成めざして

戦時中も、エリオットのクリスチャンとしての活動は続いたが、一九四一年になると、彼を生涯苦しめることになる本格的な病気に見舞われた――さまざまな種類のウィルス伝染の病気をひき起こしただけでなく、生来のダブル・ヘルニアのために脱腸帯を着けていなければならず、また心臓急拍も患っていたのである。

また、神経質であった彼は、シャムリー・グリーンへ越してから、冬は感冒にかかり、長期間寝たきりの日が続くこともあった。しかし、病気になれば日常の労苦から離れて、かえって創作に打ちこめるというのが、彼についてもまま言えるようである。パスカル（一六二三〜一六六二）の『瞑想録』に寄せた序文で、彼はある種の病気は「宗教的啓示」だけでなく「絵画芸術や文学の創作」に幸いするなどと述べているが、これには個人的発言の響きがある。

一九四〇年のクリスマスには病気だったが、『四つの四重奏』の第三部「ドライ・サルヴェイジズ」をかなりの速度で書き続け、翌年の一月には草稿をJ・ヘイワードに送っている（第二部「イースト・コウカー」執筆中に、四重奏というシークエンスの考えが浮かんだのである。）

一九四一年二月の『ニュー・イングリッシュ・ウィークリー』誌に発表された「ドライ・サルヴェイジズ」は、エリオットが子供の頃マサチューセッツ州のグロスター港からよくヨットででかけたアン岬の沖にある岩棚の名前に表題を採っている。また冒頭の何行かは、これまたセントルイスでの幼時に感じたミシシッピー河の存在を喚起しているだけでなく、セントルイスの生家に近いメアリー・インスティテュートという学校の庭にあったニワウルシの木とか、父が建てたグロスターの家の傍にあった「イバラ」のイメージも呼び起こしている。他にもまた、子供の頃ニューイングランドで聞いた「轟く波音」(rote)とか「吹鳴浮標」(groaner)といった言葉も用いている。

アン岬のドライ・サルヴェイジズ

「リトル・ギディング」

この詩が完成すると間もなく、彼は一九四一年の早い頃に、シークエンスを構成する四番目の詩、「リトル・ギディング」に取りかかった。この作品を急き立てられるようにして書いた背景には、たとえば一九四一年五月一〇日に三万人のロンドン市民が空爆で殺されるという事態があり、エリオットも戦局の見通しのない日々を送っていたのである。この詩には、たとえば「空中に塵《ちり》が懸かり／一つの物語が終わった場所を示す」という行があって、これは一面では、空爆による建物の破壊を描いているのである。

しかし、この最終シークエンス（「リトル・ギディング」）は容易には完成しなかった。理由としては、例によって筆を進めながらも自分では満足できなかったということがある。この詩には五種類の草稿が残っていて、作品中で使われる言葉を一つにまとめる役割を果たすような、隠された私的な記憶が欠けているが、そのことが詩の完成を遅らせる理由だったとも考えられる。しかし、外的な理由もあって、それは一九四一年九月に、ウェールズやオックスフォードへ、また一〇月にはブリストルやダラムへ、それぞれ講演や談話のために旅行するといった社会的活動で時間を取られたからであろう。

一九四二年八月になって、再びこの詩に取りかかり、九月に最終稿をJ・ヘイワードに送り、部分的に手を加えてからようやく一〇月に、前と同じ雑誌に発表されたのである。こうして完成を見た『四つの四重奏』は、エリオットが住んでいた地区の名に因んで『ケンジントン四重奏』という表題にしようと思ったが、途中で現在の名前に決定したのである。この長詩は、四季と四大要素(地、水、風、火)という大雑把な枠を設定されていて、この枠の中で展開されるさまざまな様式の韻文を抱えている。

この大作の完成によって作者は解放感を得たものの、同時に秋から冬にかけて発熱を伴う風邪、気管支炎にかかり、二週間床に臥す状態が続いた。しかし、しばらく温めていた文化に関する散文をまとめようとして、一九四三年の初めに『文化の定義に関する覚え書』と題する四篇のエッセイを発表した。これは、一九四八年に本の形で出版された。

一方、ドイツ軍の空襲は続いており、六月にはフェイバー社の屋上に爆弾が落ちるということもあったが、幸いこの日はエリオットは非番のため屋上にはいなかった。

『四つの四重奏』の構造と評価

『四つの四重奏』が刊行されたのは一九四三年一〇月末であるが、書評は大方好意的であった——前年にアメリカで刊行されたときは、反応はまちまちであったが。この詩の音楽的側面はさておき、歴然たる宗教的感受性については不信感を表した批評家もいる。第一次大戦を境にして自国の文学に自信を持ち始めていたアメリカ人から見て、イギリス的要素をかなり抱えこんだエリオットの詩は、英国国教や政治的保守主義とともに、疑惑の対象として見られることは避けられなかったからである。

それにしても、驚くべき力作と言うべきこの詩は、エリオット自身の言う「シンフォニーまたは四重奏曲のそれぞれ異なったムーヴメントに比較できる」部分から構成できるという考えに基づいていた。それぞれの四重奏は五つのセクションを持ち、それぞれのセクションは他の四重奏中の同じようなセクションを反映するといった精緻な構造になっていて、最終の四重奏は、先行する三つの四重奏のいわばテーマを総合するようになっている。

この詩は、ダンテの『神曲』に用いられているテルツァ・リーマの形式（第Ⅱ部を参照）を思わせる部分に限らず、イギリス文学、ヨーロッパ文学の遺産を谺《こだま》のように響かせながら、これまでのエリオットの詩的発展を総括しようと試みてもいる。そして、詩の声は、詩人が自身に語りかけていると思われる調子だけでなく、詩の読み手（聴き手）に語りかけるような、やや平板な調子をも含んでいる。

この作品で、エリオットはヨーロッパ文学の伝統を継承し、一つの秩序を創造したと言えるが、同時に、この伝統と秩序が大戦を背景にして脆くも崩壊しようとしているという意識も持っていた。事実、一九四五年三月、ドイツ降伏の数週間前に、彼はアレン・テイト（一八九九～一九七九）に宛てた手紙で、将来に対するペシミズムを表明している。これとほぼ同じ頃、「クリスチャン・ニューズ・レターに」最後のコメンタリーを書き、「寄留外国人」の意味の「メトイコス」という筆名を使ったが、これには疎外された人間の含意があるかも知れない。

大戦に勝ったイギリスで労働党内閣が福祉社会を実行に移すようになっても、エリオットのキリスト教社会の夢は実現しなかった。それだけではなく、戦後のテクノロジーと経済効率万能ともいうべき社会の展開を顧みるとき、彼が何度となく想い描いた、キリスト教に支えられた精神的秩序は、自国イギリスはもとよりヨーロッパにも実現されていない。そのことに、エリオットの悲劇を想う人も多いだろう。

五、ヴィヴィエンの死、ノーベル賞、劇作

日常生活

さて、大戦が終わって、一九四六年の初めに、エリオットはロンドンのチェルシー・エンバンクエメント沿いの、ヴィクトリア朝風のアパート、カーライル・マンションズに住むことになった。これはテムズ河を眺望できる住居で、かつてヘンリー・ジェイムズが住んでいた階の下の三階のゆったりした部屋である。一一年間住むことになるこの新居のアパートでは、他の部屋に友人のJ・ヘイワードが住んでいた。エリオットの日常は、朝六時半にアパートを出て、早朝のミサに出席するためグロスター・ロードの聖スティーヴンズ教会へバスで行き、帰宅してから、たっぷりしたイングリッシュ・ブレクファストをとり、仕事を始める前に「ペイシエンス・ゲーム」(ひとりでするカードゲーム)をし、「「タイムズ」紙のクロスワード・パズルをし、それから書斎に入る、といったきまりになっていた。正午頃、ダークスーツ姿でフェイバー社へ、ガタガタになったスーツケースと、きちっと巻いた傘を持って(胸のポケットには、いつものように白いハンカチを覗かせて)でかける。そして、ピカディリー・サーカス行きのバスの二階の席に坐っていたという。有名になっていた当時でさえ、このようなごく普通の「ビジネスマン」の恰好で会社へ行くのだが――一日に三時間以上の執筆は無理だったという理由もあるが――それは、当時でさえ創作活動に

自信がなかっただけでなく、徒労に終わるかも知れない作家活動の時間を社会的に有効に使えるのではないかという思慮からもきていて、これまた幼年時代に育まれたピューリタン的勤労精神の表れと言えるようである。

フェイバー社では、出版物の宣伝文句を書いたり、著者との文通をしたり、著者のエイジェントと交渉をしたりといった業務をするのが日常的パターンであった。電話では“This is T.S. Eliot here.”と応《こた》えるのだが、その声は妙に締めつけられたような感じだったと、ある人は回想している。そんな声は、出版社の重役でありながら、その役柄を完全には演じていない私的な面を持ち続けたエリオットらしさを感じさせる。彼の内気で孤独な面は「ペイシェンス・ゲーム」が示唆しているが、W・H・オーデンがあるとき、このゲームをしているエリオットに、なぜそんなことが好きなのかと訊ねると、「そうですね、ペイシェンス・ゲームは死んでいる状態に一番近いのではないかと思いますよ」と答えたという。この答えをまともに受け取る必要はなくて——何しろ、ノンセンス詩人であり、「オールド・ポサム」の詩人でもあるからだ——アイロニーとして考えたらよいだろう。他にも、エリオットは爆竹を鳴らしたり、冗談で人をからかったりすることも好きだったし、相手によっては「諷刺的機智」を発揮することもあった。

パウンドとの関係

エリオットの友人関係では、まずパウンドとのことを記してみたい。第二次大戦中、パウンドはローマ・ラジオを通じて、時の米国大統領ローズヴェルト、英首

フェイバー＆フェイバー社のオフィスで

相チャーチル、ユダヤ人などを非難する放送をしたが、金融制度の悪を攻撃するのが主目的であった。この放送活動のため、戦争末期の一九四五年五月に、イタリアに進攻していたアメリカ軍に反米活動の廉《かど》で逮捕され、ピサの近くの収容施設に監禁され、その後ワシントンへ護送されて、国家に対する叛逆罪に問われた。エリオットはパウンド逮捕の報《しら》せを聞いたらしく、国務長官補佐の地位にあった詩人のアーチボルド・マクリーシュ（一八九二〜一九八二）にすぐさま電報を打ち、パウンドを助けたい旨を伝えたのである。

　パウンドがワシントンに到着したのは一九四五年の一一月中旬であるが、翌年の七月にエリオットは商用を兼ねてアメリカへ渡り、ワシントン郊外のセント・エリザベス精神病院に収容されていたパウンドを訪ねた。エリオットは訪米前に、十数名のアメリカの詩人に手紙を書き、もしパウンドが裁判にかけられるようなことがあれば、証人として弁護して欲しいと頼んであった——パウンドが死刑を宣告される公算が大きかったからだという。パウンドはイタリアのラパルロへ国外追放されるまで一一年間、この病院に幽閉されることになったが、その間、エリオットは何度もこの友人を訪ねただけでなく、こまやかな実務的配慮を示し、やがてパウンドが釈放される日に向かって辛抱強く行動した。

ヴァーモント州でのエリオットとエミリー・ヘイル（1946年）

一九四六年の訪米では、フェイバー社の重役としてオーデンやジューナ・バーンズなどに会った。オーデンは一九三九年秋以降、イギリスからマンハッタンに移り住み、その後は米国市民権を取ったが、政治の時代のいわゆる「一九三〇年代詩人」の役割を終えていた彼はアメリカで才能を浪費しているという風に、エリオットの目に映ったらしい。これらの作家に対するエリオットの態度は、保護者か父親のような感じであった。訪米でエリオットの心をなごませてくれるのは親友エミリー・ヘイルに会うことであった。また、自分の親族にも会ったが、姉のアビゲイルはすでに一九四三年に死亡しており、兄のヘンリーは白血病で重態であった。

メアリー・トレヴェリアンとの間柄

エリオットの友人関係では、メアリー・トレヴェリアンをあげなければならない。エリオットがこのイギリス人女性に初めて会ったのは一九三八年であったと言われるが、二人は親密になったと言っても、プラトニックな間柄で、エリオットが生活の実際面でうまく対処できないようなときに、彼女が助けてくれたらしい。パーティーへ一緒にでかけたり、ときにはエリオットお抱えの車の運転手役を買ってでたり、また秘書のような仕事もしたらしい。ピアノも得意だったという。一九五〇年発表の『カクテル・パーティー』の或る草稿には「T・S・Eの口述により筆記」と記された、彼女の手書きの推敲の跡も残っているようで、こうした事実から見ても、彼女はエリオットにとって信頼できる人物であった

メアリーは一九四〇年代末からエリオットとの交際を日記に留めていて、それから判断すると彼に恋していたようであるが、エリオットの彼女に対する態度は、必ずしも一定していなかったらしい。エリオットは他の友人関係でもそうであったが、メアリーに愛情を示すときがあるかと思うと、かなり長い期間彼女を避けるといったこともあったという。このようなことは恐らくエリオットの性格に起因するのであろうが、相手と親しくなりすぎて自己を露呈することを嫌うというピューリタン的要素ではないかとも考えられる。

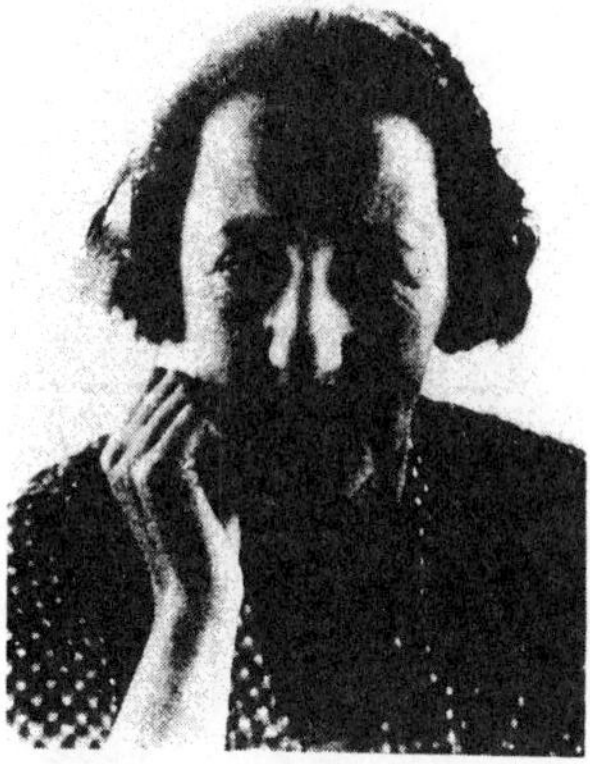
メアリー・トレヴェリアン

ヴィヴィエンの死　一九四七年一月二二日に、妻ヴィヴィエンが五八歳で死去した。この報せを聞いたエリオットは「おおゴッド！　おおゴッド！」と叫んで顔を両手で覆ったという。妻の遺骸はミドルセックスのピナーにある墓地に埋葬されたが、葬儀に出席したのは、エリオットとヴィヴィエンの兄弟モーリスの他には数えるしかいなかったらしい。

妻の死と、それに続く葬式の期間に、エリオットは体調が悪く、ときに無感覚ともいうべき状態であったようだ。二月には気管支炎が悪化し、一週間以上も入院しなければならなかったが、それより前、一月初めにはヘルニアを除去する予定であった。（これは夏まで延期された。）そうした状態のせいもあって、彼が悲歎と絶望に打ちのめされていたと語る人がいるが、その一方で、このような精神状態とは逆の感じに見えたことを記憶している人もいる。いずれにせよ、ショックを受けた直後の異常な内面を抱えていたことは疑えない。

それでも、五月になると、彼はニューヨークでミルトンに対する以前の低い評価を取り消すような内容の講演をしたり、ワシントンのナショナル・ギャラリーで自作詩を朗読したりするほど、健康は回復していた。もっとも、六月にコンコード大学（マサチューセッツ州）で「詩について」と題する講演をしたときは、それを聴いたある人はエリオットが「背が高く、やつれて、血の気の失せた顔色で」肉体という感じがほとんど見られないような印象を受けた。

教皇の謁見

帰英してから、九月にはまた仕事を始めた。しかし間もなく、これまでも悪かった残りの歯の大半を抜かなければならなかったが、アムステルダムやローマへ飛んで、ブリティッシュ・カウンシル（英国文化の海外紹介や英語の普及などを目的とする機関で一九三四年設立）の仕事をこなしたりしている。イタリアでは詩人のジュゼッペ・ウンガレッティ（一八八八〜一九七〇）やエウジェーニオ・モンターレ（一八九六〜一九八一）と会い、ローマ教皇ピオ一二世の謁見を受けた。このとき頂戴したロザリオは、ロンドンの自室のマントルピースの上に置いてあったといわれている。

一九四八年の春と夏は、新しい劇の創作に専念した——しかし、たとえば四月には、前年、直前になって取り消していたフランスでのブリティッシュ・カウンシルのための講演をするといった公務を果たしている。このときは、新しい入れ歯のためにフランス語の発音が思うようにできなかったが、エドガー・アラン・ポー（一八〇九〜四九）について講演する時間を捻出している。

新しい劇作は『カクテル・パーティー』であるが、彼は未完のままにしてプリンストン大学の高等研究所客員教授として九月二四日にアメリカに向けて船に乗った。大西洋上で六〇回目の誕生日を迎えることになるのを満足に思っていた。ところが、船上で風邪、発熱となり、一〇月初めにニューヨークに着いても知人宅で休養しなければならなかった。

プリンストン大学では、自分のオフィスの黒板に、執筆中の劇のアクションの模型ダイヤグラムを描き、すでに出来上がっている登場人物を示すのに普通のアルファベットを用い、これから創り出せるかも知れない人物用にギリシア語のアルファベット文字を使って考えている写真がある。しかし、劇の完成にはさらに六か月が必要となった。

ノーベル賞

プリンストン滞在中の一一月に、エリオットはノーベル文学賞を受賞したという報《しら》せを受けた（この年の一月には、ジョージ六世からメリット勲位を授与されていた）。一二月一〇日の授与式で、彼は「世界の詩の永い歴史における新たな時期の指導者にしてチャンピオ

ノーベル賞受与式（1948年）

ン」と讃えられたが、アメリカを発つ前に、ある新聞記者にこう語っている。「私は神話になるような気がします――存在しない御伽噺のような生き物といった感じです。」同時にまた、自分は少しも変わっているとは感じられない、とも語った。また、その後のある記者会見では、何に対してノーベル賞を授与されたのかという質問に対して、「全作品」に対してであると思うと答えた。同じ記者はさらに、「それはいつ発表したのですか」と質問した――全く笑い出したくなるような質問である。

エリオットは栄誉に輝いたことでもちろん喜びはしたが、賞をもらった後のことを考えると心配になったことも事実のようである。アメリカの詩人ジョン・ベリマン（一九一四〜七二）がお祝いを述べたときエリオットはこう答えた。「ノーベル賞は自分の葬式への切符です。この賞をもらった後で何か仕事をした人はいませんからね。」この返事は謙遜の表現にすぎないと考えるわけにはいかない。事実、エリオットは著作を続けることに本当に自信がなかったのである――それも今始まったことではないが。そうは言っても、詩人ロバート・ロウエル（一九一七〜七七）の「彼はどんなに自分が優れているか知っています。ときたま、ひょいと、それが現れることがありましたね」という言葉を裏づける場合もあったらしい。

エリオットの人物面については、エドマンド・ウィルスンの語っていることが参考になるようである――彼の内面にはいくつかの異なった性格があって、「敏腕家」と「理想主義者」が同居し、また「悪漢」と真面目な人物が住んでいる、と。また、彼は自分の作品がどれだけ重要で、永続性を持っているかについて、心底から懐疑的でもあったらしい。

一九四八年、まだ滞米中の一一月に、『文化の定義に関する覚え書』というエッセイ集が出版された。実質的には最後であるこの散文集で、彼は宗教を文化《カルチャー》の「受肉されたもの」（宗教は文化が具体的に表現されたもの、の意）として考えているが、かなり抽象的な文章の中で要点が明確に説明されているとは言い難い。また「文化」の問題に絡めて政治と教育の関係にも筆を運んでいるが、「文化」の概念はさほど具体的に裏づけられてはいないと言わざるを得ないだろう。それにしても、この著作が長い間読まれてきたのは、作者の名声によるところが大である。

『カクテル・パーティー』

さて、『カクテル・パーティー』は一応完成し、一九四九年八月にリハーサルを行ったが、そのとき、俳優のアレック・ギネスや女優のアイリーン・ワースを含む役者を前にして、エリオットは「私の詩行をどう発声したらよいかを教えるために、この劇を読むことにしましょう」と言った。この発言に、詩人として言葉の持つ声を大切にする態度を容易に看取できる。また、何度かのリハーサルの途中で一度だけ俳優の間に割って入り、注文をつけたというが、これは、劇中の唯一の夫婦であるラヴィニアとエドワードが喧嘩をしている場面で、エリオットはこう言ったのである――「妻の方は猛烈な調子にならないといけないのです。もっとずっと猛烈にです。妻がどうしようもない女だということを、観客に理解してもらわないとね。」

八月二〇日に、エリオットは渡英していた姉と姪と一緒に、『カクテル・パーティー』が上演されるエディンバラ芸術祭へでかけた。しかし、上演は熱狂的に好評だった。オープニングの前は神経質になり、悪感と発熱に見舞われたとき、あまりに神経質になっていた彼は、ある人に押されるようにして舞台に現れ、カメラマンが面前でフラッシュをたくと、「おおゴッド！」とつぶやいたという。

『カクテル・パーティー』は、幕が上がるとパーティーの最中で、エドワード・チェンバレンという人物だけがホストである。妻のラヴィニアは何の説明もなく家出してしまっている。夫のエドワードは自分の置かれた情況を一人の見慣れぬ客に説明し、客は、妻がどこへ行ったのかと問われないことを条件に、君の許へ帰してやろうと言う。この客はヘンリー・ハーコート＝ライリー卿という名前で、それも名医であることがわかってくるが、心の通じ合わないエドワードとラヴィニアを和解させるだけでなく、パーティーに来ているもう一人の客、シーリア・コプルストンという若い女の人生にも介入する――シーリアは人生に躓《つまず》き、空虚感に満たされている。

ハーコート＝ライリー卿は彼女を、ありきたりの日常を超えた殉教者の生活にまで続く精神的探求の道へと誘う。彼は人間の悲惨を治癒または和らげる「守護者」の役を演じているが、他にも二人、同じような役を演じる人物がいる。

この劇には、「私たちは何を話したらいいだろうか」という台詞がリフレインのように使われていて、これは日常的現実の次元で生きている登場人物たちが非現実的な存在であることを示唆し、強調する。エドワードもそうした人物で、自己という「地獄」から抜け出すことができない。このような人物の織りなす世界は、真の意義を失ったコメディーの現実世界でもあるが、一方、シーリア・コプルストンが導かれて入ってゆく別次元の世界は、「幻想」や「悪魔」や「声」や「影」の世界であって、舞台上で表現するのに適していない。こうした点が、『一族再会』の場合と同じ性質の、劇の困難な面である——劇は詩ではないからだ。

ニューヨーク公演の成功

『カクテル・パーティー』はエディンバラ芸術祭で好評だったが、ロンドンのウェスト・エンド地区で劇場をみつけるのは難しく、ニューヨークへ持って行くことになった。ところが、アメリカではこの年（一九四九年）の二月に行われたパウンドの『ピサ詩章』に対するボリンゲン賞授与をめぐって、一部の人たちの間では、審査委員の一人であったエリオットへの反感と非難が渦巻いた後であった。

パウンドは法律上は国家に対する叛逆罪が決定されていたわけではないが、すでに記したようなローマ放送の記憶が残っていたため、詩賞を与えることに反対の人たちがいたのである。審査委員会はロウエル、オーデン、エイケン、小説家のキャサリン・アン・ポーター（一八九〇〜一九八〇）その他から構成されていて、エリオットもその一員にすぎなかったが、アメリカを去って英国市民権を取ったこの有名詩人には、長年反感を抱いていた人たちも多かったのである。そうした情況で、エリオットは記者会見を拒み、イギリスへ引き揚げてしまった。

一〇月にはハンブルクで「キリスト教社会の理念」と題する講演を行ったが、そのとき歴史家のアーノルド・トインビー（一八八九〜一九七五）と一緒に九つの都市を巡った。帰英してからは疲労ぎみで、イギリスのひどい冬の気候から逃れるため、一九五〇年の一月、フェイバー夫妻と六週間の南アフリカ旅行に船ででかけた。このとき、会社で留守を預かっていたのが秘書のヴァレリー・フレッチャー——一九四九年五月に採用されて、後にエリオット夫人となった女性である。

『カクテル・パーティー』のニューヨーク公演は一九五〇年一月に行われたが、エリオットが心配したような妨害もなかったばかりか、大成功であった。『タイム』誌（六月六日号）の表紙にエリオットが載ったことでも、その成功ぶりがわかる。また、すでに一九四八年にはエッソー石油会社が広告にエリオットの「過去の時間に含まれた未来の時間」という詩句を使っていた。また、この年、ハーヴァードで講演したときは、集まった群衆を規制するために警官が動員されたほどである。こうして、すっかり著名人になったエリオットは、アメリカほど有名人騒ぎの華やかさがないイギリスでも、自宅の住所を秘密にしておかなければならなかった。

同時に、彼は比較的富裕な人間になっていて、出版社からの給料と印税をあわせると年収は四千ポンドほどになり、一九五〇年の初期に、ニューヨークでの劇の上演で毎週五七〇ポンドは入っていたと見積られている。そうした状態でも、経済観念は失っていなかったようで、ある人は彼がポケット手帳に支出額をこまめに記入していた、と語っている。他方、エリオットは他の詩人や作家への思いやりがあって、たとえばロナルド・ダンカン（一九一四〜八二）の劇が千五百ポンドの損失になったとき、自分でこのお金を出している。また友人のウィンダム・ルイスにも寛大さを示した例が知られている（詩人のディラン・トマス（一九一四〜五三）やロイ・キャンベル（一九〇一〜五七）の場合）。しかも、こうした慈善行為が言及されている自分の手紙は公表して欲しくないことを明らかにしてもいるのである。

一九五〇年の秋には再び渡米し、相変わらず講演活動を続けたが、この頃には、くつろいだ調子で個人的なことも含めて聴衆に理解させようと努めている。講演者として円熟味が出てきたと言うべきであろうか。

反ユダヤ性

帰英してから、一九五一年の二月、ある場所で詩朗読会に出席したとき、ロンドン生まれのユダヤ系の詩人、エマニュエル・リトヴィノフ（一九二五〜）は、ユダヤ人に対するエリオットの態度を攻撃した内容の詩「T・S・エリオットへ」を朗読したが、部屋の奥で聴いていたエリオットは「よい詩だ、非常によい詩だ」とつぶやいたといわれる。（会場には、ちょっとした動揺が見られたらしい。）この事件が報道されると、エリオットの秘書は、「彼を反ユダヤ主義で批判する手紙が、たくさんのユダヤ人から送られてきました。反ユダヤ主義というのは真実ではありません」と、ある新聞に語っている。

エリオットの反ユダヤ主義に関しては、一九二〇年の『詩集』に収められた「ベデカーを持ったバーバンク――葉巻をくわえたブライシュタイン」という作品中に、「ネズミは積荷の下にいる。／ユダヤ人はせり売り台の下にいる。」といった行があり、シェイクスピアの『ヴェニスの商人』に出てくるユダヤ人シャイロックを連想させる部分も、この詩にある。表題の「ブライシュタイン」はドイツ系ユダヤ人の名前で、エリオットはロンドンの毛皮商店の名前を利用しているかも知れない。

また、同詩集の「ゲロンチョン」は次のような一節を含んでいる。

私の家は朽ちている。
そしてユダヤ人が窓の敷居に居坐っている――家主だ
彼はアントワープのキャフェで産卵され、
ブリュッセルで水疱にかかり、ロンドンで膏薬を貼り、かさぶたを剝《む》いた。

反ユダヤ主義的偏見に関しては、クリストファー・リックスという学者がエリオットの詩の中で「この上なく醜悪な筆緻」を示していると判断しているのは、若い頃に書いた未発表の「葬送歌」という一篇の第一連である（一九七一年出版の『荒地』原稿版で読むことができる）。「たっぷり五尋《ひろ》の海に君達のブライシュタインは横たわる／ヒラメやイカの下に。／死んだユダヤ人の目はバセドウ病だ！／そこではカニが目蓋を喰ったのだ。／船着場のネズミが潜《もぐ》るよりも低いところ／――男は海の力で変化するが／なおも高価で金持ちで不思議だ……」
ブラインシュタインは『荒地』の「水死」の部分でフェニキア人のフレバスとして利用されることになったのであろうが、シェイクスピアの『あらし』でエアリエルが歌う、海の力で変化を受ける死者の目へのパロディーが見られる。「目蓋」(lids) はユダヤ人の蔑称 (yids) との間に押韻を秘めているとも読める。スティーヴン・ウィルスンは『エンカウンター』誌（一九八九年七・八月合併合）で、詩のこのスタンザには「自意識を欠いた、悪辣な……偏見が見られる――ぬるぬるした、触手のある無脊椎動物との連想、害獣との明らかな結びつき……」があり、そのような特徴が富への羨望と共に、海による死者の変容にさえ抵抗するという主張が見られる、と解釈しているが、このような解釈に異議を唱えるのは難しいだろう。

反ユダヤ主義とエリオット　エリオットは一九五二年から六四年までロンドン図書館の要職にあったが、この図書館の財務担当者、ルイス・ゴールデンは、エリオットの書いたものの中に反ユダヤ主義的傾向があることは否定できないが、それは一九二〇年代に多くの人たちに見られた態度が背景にあって、ナチス・ドイツの狂ったような反ユダヤ主義のあの怖ろしい結果が生ずるずっと以前に、アメリカその他の国の一部にも見受けられたものである、と言っている。また、エリオットの何百通という手紙の中には、ユダヤ人に対する蔑称である「カイク」とか、黒人を軽蔑するときの「ニガー」という言葉が使われているという。

また、一九三〇年代の遅い時期に、エリオットはナチスによるユダヤ人迫害をひどく誇張されたものと受け取ったし、マルクスを「ユダヤ系の経済学者」として、フロイトを精神分析という「成り上がり者の科学」に精通した人物として、一笑に付したと言われる。

しかし、他方では、彼はたとえば有名なアメリカの喜劇俳優グローチョ・マークス（一八九五〜一九七七）に宛てた手紙で、イスラエル国家を賞讃しているし、女性のキリスト教神秘主義の思想家シモーヌ・ヴェイユ（一九〇九〜四三）の著作に寄せた序文で、彼女がキリスト教のユダヤ的起源を排除していることを批判してもいる。もちろん、『異神を求めて』の中に、宗教からは自由なユダヤ人を批判する部分があって、それが理由の一つで、この評論集の再刊を許さなかったことも有名な事実である。また、『岩』の中で、教会の建設に従事している労働者にファシストたちが反ユダヤ的言辞を弄するのを非難しているし、「クリスチャン・ニューズレター」の客員編集者として、一九四一年九月に、フランスのヴィシー政権時代にできた反ユダヤ的法律を慨歎し、キリスト教徒がその法律に反対の声をあげるよう希望してもいる。

しかし、エリオットは、反ユダヤ的と受け取られても仕方がないような部分を含む詩をお払い箱にせず、せいぜい、後の版で小文字（jew）を大文字（Jew）に変えた程度で、自分の作品に反ユダヤ的なものがあることを認めず、キリスト教徒的反ユダヤ主義が可能ですらあることも認めなかった。エリオットをめぐる人種問題は、未だ解決を見ていないし、何かの機会に蒸し返されている。（すでに引用した「ゲロンチョン」には、エリザベス・ドルーの解説によればゲロンチョンと同じく「精《スピリ》神的《チュアル》・肉体的な活力を奪われた」四人の根なし草のような外国人への言及が見られるが、その一人は「ハカガワ」という日本人らしき人物で、この人物は画家「チチアーノの絵の間でお辞儀をしている」と書かれている。この例も、エリオットの人種的偏見であると明確に断言できるか否かは措くとして、不快を催す読者もいるだろう。）

ややや理論的に考えれば、宗教上の自由思想的ユダヤ人というものは、エリオットからすれば、合理主義的な側面を持つユニテリアニズムに近い存在として映ったのではないか、ということである。一九二〇年代に反ユダヤ的発言をした頃、彼は女嫌いを口にしたこともあるが、この時代は、彼が内に不安を抱えて、最も悩んでいた時期でもあった。

六　再婚、晩年

病気の繰り返し

さて、一九五一年末に、エリオットはロンドン・クリニックで痔核を除去する手術を受けたが、その後も体調はなかなか元に戻らなかったようである。彼にインタヴューに来たある記者は、彼が「栄養不足、不眠、疲労」で倒れそうに見えたことに気づいている。このような外観は、若い頃からの精神状態と間接的な繋がりがあるようで、「私はさまざまな災難でくよくよしていることに気づきましたし、今でも変わっていません」という、ある人に宛てた手紙の言葉が示唆することと無縁ではないようだ。友人のメアリー・トレヴェリアンと一緒だと安心なのは、たとえば旅行をするときに違った列車に乗ってしまうのではないかなどと心配することがあったからだという。酒はかなり飲んだようであるが、ロナルド・ダンカンは、「彼はいつも罪悪感の風味を添えたワインを飲んでいました」と語っている。ここにもピューリタン的素質が垣間見られるかも知れない。孤独、憂鬱、物憂い感じなどは、かなりの数の人がエリオットから受けた印象であって、パウンドの娘メアリー・ラシュヴィルツは、カーライル・マンションズに彼を訪ねたとき、「私は偉大な人間と〈淋しさ〉に会いました」と語った。彼自身は、いずれは僧院での生活が自分にふさわしいとさえ思ったこともあるようだ。

一九五二年は、すでに書き始めていた劇を仕上げることが一番の仕事であった。例によって、これまでの仕事には不満が残っていて、『カクテル・パーティー』の中の欠点を取り除いた作品を書きたいと思っていた――特に、この劇の最終幕のようなプロットの解決は避けたい、と。

同性愛の示唆――エリオットの動揺　この年、『エッセイズ・イン・クリティシズム』という雑誌の七月号に、彼に関する不愉快な論文が載った――それに気づいたのは翌年の初めであったが。この論文は『荒地』の新しい解釈として、若い男性へのホモセクシュアルの要素があるだけでなく、女嫌いも示唆されていることを指摘したのである。そして、この論文が四年後に再発表されたとき、エリオットの同性愛者は学生時代にパリで出会ったフランス人、ジャン・ヴェルドナルではないか、という解釈が出されることになった――第一次大戦で死んだこのフランス人は、言うまでもなく詩集『プルーフロックその他の観察』が献呈されている人物である。

エリオットは文字通り動揺して、この論文が直ちに人目から遠ざけられるような処置を取らなければ、中傷の廉《かど》で訴訟手続をするということになった。論文の内容の当否は別として、エリオットに同性愛の傾向があったのではないかと暗示する人が他にもいたことは事実である。そうした発言が出てくる理由は、彼の詩がしばしば、不毛や機械的欲望のイメージを含んでいること、『荒地』の中で、ヴィヴィエンとの結婚生活から少なくとも間接的に由来する面で、激しい女嫌いを表現した件《くだり》を含んでいること――それは事実だからである。しかし、エリオットが持っていた長年にわたる女嫌いの感じから同性愛を導き出すのは牽強附会と言えるかも知れない。

エリオットは作家として、『荒地』に向けられたさまざまな解釈を大らかな態度で無視してきたし、それは芸術作品というものが読者によってさまざまに解釈されるのは当然だという彼の考え方からくる。その考えは、優れた芸術は作者の個性を表現したものではないという、古典主義的芸術観に基づくものである。しかし同時に、一九二五年という早い時期に、彼は自分の正式な伝記が書かれることを拒否し、一方ではエミリー・ヘイル宛の手紙が二〇二〇年まで発表禁止になっている事実もあって、そうした事柄が多くの人たちに、エリオットの中のミステリーを肥大したものに見えさせ、好奇心を煽り立てさせることもまた事実である。

『秘書』上演

一九五三年二月には新作劇『秘書』の第三幕がほぼ完成したが、予定されていた七月のリハーサルの前に彼はアメリカへ渡り、生地セントルイスのワシントン大学で（六月の初め）「アメリカ語とアメリカ文学」と題する講演をし、アメリカ文学が「無意識の普遍性と組み合わさった強いローカリティーの風味」を持っていることを語った。そして、講演後のインタヴューでは、自分の詩の感情の泉がアメリカにあると述べた。意識的にイギリス人らしさを培って身につけ、ヨーロッパ文化の伝統の必要性を操り返し主張したエリオットが、生誕の地でこのような告白をしたことは、生涯の時間がセントルイスで一巡したことを示唆すると考えてよい。しかし、七月半ばに帰英し、『秘書』は八月二五日にエディンバラで上演され、好評を博した。しかし、批評家の間では、この作品の宗教的意図がエンタテインメントとしての芝居とうまく嚙み合うかどうかについて、疑問を投げかける向きもあった。

この作品はヴィクトリア朝風のメロドラマに宗教的感受性を加味したもので、登場人物のアイデンティティー探しをテーマにしている。主人公はクロード・マラマー卿に「秘書」として仕えている青年、コルビー・スィンプキンズである。マラマーは、彼を自分の庶子であり、ガザードという婦人に育てられたと信じているが、やがてマラマーの妻が、この青年は実は自分の庶子で、同じくガザード夫人に養育されたのだと主張する。マラマー夫妻の意見の違いを解決できるのはガザード夫人以外になく、彼女は、秘書コルビーは、音楽家志望で夢破れたある人物と自分との間にできた息子であると告白する。この告白を聞いたコルビーは小さな教会のオルガン奏者になろうとする。

『秘書』には、他の劇で使われた「復讐の三女神」や殉教などは持ちこまれていないが、信じ合えない不毛で愚かな人間同士の、真の意味で現実性《リアリティー》を持たない日常生活の次元を超えた世界を問題にする姿勢では、変わりはない。日常的な英語がふんだんに使われてはいるが、結局、当時の社会的現実から遊離してしまって、エリオットの宗教的テーマだけが浮き上がった形になっている。したがって、興行的に成功したにせよ、多くの観衆が宗教的テーマの重要性をどれだけ感じ取ったかは疑問である。第二次大戦後のイギリス社会という大きな文脈で考えてみれば、この劇から三年後に現れた、「怒れる若者たち」の一人であるジョン・オズボーン（一九二九〜）の劇、『怒りをこめて振り返れ』（一九五六年）の方が、はるかに現実のイギリス社会にふさわしい面を問題にしていることは疑いを容れないだろう。

またも入院

一九五四年春には、またしても心拍急速で苦しみ、ロンドン・クリニックに三週間入院した。また九月には、体調不良に加えて関節炎に見舞われた。そしてハンザ同盟ゲーテ賞を受賞していたものの、ドイツまで受け取りに行けないような状態であった。

一九五五年一月に、再び心拍急速となって再入院し、五月にようやくハンブルクへ飛んで授賞式に出席し、「賢人としてのゲーテ」という講演を行った。そして、ドイツから帰るとすぐアメリカへ行ったが、主目的はボストンにいる二人のきょうだいに会うことであった――もっとも、三回の詩朗読会に出て旅費をカバーすることも計算に入っていた。

帰英後はスイスへ旅行するだけでなく、いつもの活動を続けていたが、以前に罹ったことのある水虫に悩まされて入院したり、また一九五六年には心拍急速の原因となった気管支炎に見舞われた。しかし、ひとまず回復してから、四月にはアメリカを再訪し、ミネアポリスのミネソタ大学で、かつてなかったほどの規模の聴衆（一万四千人）の前で講演をした（講演料は当時としては巨額の二千ドルほどである）。演題は「批評のフロンティア」で、過去三〇年間の文芸批評の変化について語ったが、『荒地』に加えられた例の新解釈が脳裡にあったのであろう、詩の心理的、自伝的解釈をしすぎることに警告を発している。帰英の途中で、またも心拍急速に陥り、船がサウサンプトン港に着くと、大急ぎでロンドンの病院へ運ばれたが、入院・回復中に、滞米中見舞った姉の死を報《しら》された。エリオット自身は六八歳を目前にしていた。

秘書との再婚

一九五六年の末に、彼は八年近く秘書をしていたヴァレリー・フレッチャーに求婚し、五七年一月一〇日にケンジントンの聖バーナバス教会で、早朝の六時一五分に式を挙げた。夫は六八歳、妻は三〇歳である。新聞報道を避けたい気持が強かったようであるが、この結婚は友人の誰にも通知されなかったし、エミリー・ヘイルやメアリー・トレヴェリアンのような友人にとってはまったくのショックであったようだ。エリオットは一日前に、メアリーに手紙を送り、今後も友情を続けたいと述べてはいるが、かつての親しい間柄はもはや望むべくもなかったらしい。また、長年同じカーライル・マンションズに住んでいた友人のジョン・ヘイワードの場合も同様だった。しかし、友人たちはエリオットのよそよそしさは感じたにせよ、彼の個人的幸福について怨みがましいことは言わなかった。また、その後、妻のヴァレリーはこう語っている。「彼は幸せな結婚をするまでは死ねなかったのです……彼の中には一度も解放されなかった子供が残っていたのです。」

四月に、エリオット夫妻はジョン・ヘイワードを残してケンジントン・コート・ガーデンズへ越した。彼はこれまでの業績では味わえなかったような幸福に包まれたらしく、そのことを友人たちに漏らしている。

死ぬ前の八年間、彼の生活のパターンは違ったものになった――午前は家で仕事をし、午後はケンジントン公園を妻と一緒に散歩をすることがあった。そして火曜から木曜までは、午後をフェイバー社での勤務に当てた。夕方は映画や芝居見物に妻と一緒に行くこともあったが、家でバルトークのレコード音楽を聴いたり、エドワード・リアのノンセンス詩を妻に読んでやることもあったらしい。また、ボズウェルの『サミュエル・ジョンソン伝』（一七九一）の一部とか、ラドヤード・キプリング（一八六五〜一九三六）の一九〇一年の作品『キム』（邦訳は『キム―印度の放浪児』）の一節を選んで朗読してやることもあったが、『キム』はことのほか好きな作品であったらしい。ハーバート・リード、ボナミ・ドウブレー（一八九一〜一九七四）、フランク・モーレーといった友人たちとの間は変わることがなかった。

『老政治家』

一九五七年一二月には新作の劇が最終段階に入っていたが、ロンドンの濃霧のため家にいることが多く、翌五八年の初めは、軽い風邪で一週間床につくことはあっても病院に駆けこむほどの病状ではなかった。そんな冬は彼にとってしばらくぶりだったようである。

一九五八年三月には、名誉学位を受けるために、妻を伴ってローマへ旅行したが、夫妻を乗せた車が大学へ向かう沿道で、学生たちが並んで「ヴィヴァ、エリオット！」と叫んだという。翌月は、新妻を多勢の親戚や友人に紹介するのが主な目的でアメリカ旅行をし、ケンブリッジでエイケンとの再会を果たした。また、コロンビア大学、テキサス大学で詩朗読を行った。そして、五月に帰英し、新作『老政治家』がエディンバラ芸術祭で上演されるのを予定してリハーサルに入った。

初演は八月で、観衆の反応は前作と同様、好ましいものであった。

この劇では、主人公のクラヴァートン卿は利己心と野心で「公的な人間」となったのだが、経歴が終わろうとしている現在、健康が勝れない。瞑想に沈みがちな日々を送っているうちに、二人の人物が彼の過去から現れ、それによって自分が臆病だったこと、また人間味に欠けていたことを思い知らされる。彼は二人の過去の人物の回想で悩み、自分を厳しく省察するが、それによって、公的な人物像の下に隠されていた真実のごく普通の人間の姿が現れる。そして彼は自分の娘に過去の過ちを告白し、娘は父親への愛を確認し、彼は樺の木の蔭に引き籠って死ぬ。舞台では娘とフィアンセが互いの愛を確かめる。

この劇は現実の世界に対する嫌悪感と、それに伴う宗教的次元（聖者や殉教者として選ばれた者の運命への渇望）も払拭されているが、興行的には不成功であった。しかし、エリオットは穏かな気持で自作の失敗を受け容れられるような心境に達していたと思われる。

旅行と受賞

一九五八年の冬には、またしても心拍急速をひき起こした。ロンドンの濃霧のせいもあって呼吸も滑らかではなく、翌年の一月中旬に、ニューヨーク経由でバハマ諸島のナッソーへ妻と一緒に旅行した。旅行といえば、妻ヴァレリーは船酔いのため長い船旅は好きでなかったし、経費がかさむことが気になることもあったが、この後五年間はきまって西インド諸島へ一緒に旅行した。

五月末にはイタリアン・インスティテュートでダンテ・ゴールド・メダルを受賞した。また、この頃、ヨークシャーのリーズへ行って、妻の母親の家に滞在したが、この場所の静かな環境が気に入ったこともあって、毎年のようにリーズへ出かけている。妻の母親、フレッチャー夫人は、義子の「童貞のような」性質に非常にひかれたという。

この頃には、「講演は引き受けられない」などと漏らしたことがあるにも拘らず、一〇月に妻を伴って再度大西洋を横断し、セントルイスへ行く途中でシカゴで詩朗読を行った。あるジャーナリストが、「J・アルフレッド・プルーフロックの愛の生活」について質問したところ、まじめな調子で、「J・アルフレッド・プルーフロックに愛の生活はあまりなかったのではないでしょうか」と答えた。「……恋歌」を、このジャーナリストは故意に「……愛の生活」に変えたのかどうか、ともかく愉快なエピソードである。

一一月には生地のメアリー・インスティテュートで講演をしたが、そのとき、幼年期にこの学校の校庭へ通じる門から遊びに入ったときのこととか、学校の廊下の思い出なども話した。また、このときは、生地では初めて「ドライ・サルヴェイジズ」を朗読したが、幼時のミシシッピー河の思い出が蘇ったに違いない。

自作を評価する

夫妻は一一月末に帰英したが、イギリスの冬に耐えることは、ただ生きることに専念することでもあるような状態であったらしい。翌年、一九六〇年一月にモロッコへ行ったが、途中で風邪をひいただけでなく、アフリカ内陸の気候は乾燥がひどく、喘息に罹った。それでも、北アフリカ滞在中に、ロンドン図書館のための資金を得る目的で、『荒地』を清書する仕事をやりとげた。その際、四〇年ほど前にヴィヴィエンの主張を容れて削除した一行を思い出して、加筆した。このことは、エリオットが最晩年になっても自分の名声がこの作品に拠るところが大であると承知していたことを示唆するかも知れない。また、『荒地』の他に、『四つの四重奏』の最後の三篇が書き甲斐のあったもののようで、作者自身そうした意味のことを語っている。

エリオットの友人パウンドはといえば、一九五八年にセント・エリザベス病院から解放されてイタリアへ戻っていたが、一九五九年の秋、住んでいたラパルロからエリオットに手紙を書き、詩人としての自分に対して深刻な疑問を表現している。このとき、エリオットは電報を打って、同時代の詩人はすべてパウンドのお蔭を蒙っているのだと励ましている。

北アフリカから戻ると、またしても病気に罹り、病気から逃避するというサイクルにはまりこんだ。八月に医師の奨めでスカーボロへ行き、一九六〇年の末にはジャマイカまで足をのばした。ジャマイカでは海水浴をし、ラム・パンチを飲み、よく眠ったらしい。しかし、体には良いリゾート地ではあっても、そこは彼にとって「精神が眠る」ような風土でもあったようだ。翌年三月に帰英した頃には新しい劇作のことを考えていたが、ボナミ・ドウブレーに約束していた詩人ジョージ・ハーバート（一五九三〜一六三三）に関するエッセイの執筆が待っていた。

エリオット夫妻（1961年）サウサンプトン港でクィーン・エリザベス号に乗船

六月にリーズへ行ったが、いつものようにヨークシャーの荒野《ムーアズ》の空気が体に良い効果を与えたようだ。そして、リーズ大学で「批評家を批評する」という題の講演をした。この講演で、彼は自分の散文の著作を歴史的視野に置いて考察しているが、過去に設定した理論的用語に個人的感情が含まれている、と述べている――「客観的相関物」や「感受性の分裂」などのフレーズは自分にとって「先行する感情のための概念的シンボル」であった、と。

エリオット死去

一一月中旬に、エリオット夫妻はまたも渡米したが、これはクリスマス後のバルバドス行きの費用を得るため、五回の講演をするのが目的であった。バルバドスは気に入らず、翌年（一九六二年）の三月に帰英した。そして、ハーバート論はようやく書き上げたけれども、新作劇の仕事を始める前に、F・H・ブラッドレーに関する若い頃書いた博士論文を印刷へまわす仕事を急がせられた。自分はもうこんな著作には興味はないし、そもそも自分の論文は一語も理解できないなどと妻に語ったという。

この頃からエリオットは猫背になり、顔色は悪く、皺が際立つようになった。一二月になると、四日間続いたスモッグの後で病気で倒れた。急いでブロンプトン病院へ運ばれ、五週間連続して酸素吸入を受けた。一度持ち直し、一九六三年一月に退院し、それから数週間自宅で回復をはかった。（心臓用の薬を毎日二六錠のんだ。）やがて元気を取り戻すようになり、居間の暖炉のそばに坐って、ミュージカルソングを歌うこともできるようになり、三月初めには妻がリージェント・パークへ車で連れて行くこともできた。同月、バミューダへ六週間の旅をし、九月にはアレン・テイトの訪問を受けたが、二本のステッキに体を支えて客間の戸口に立って見送ったという。

一一月末に、夫妻はアメリカへの最後の旅行をし、一二月の間じゅうニューヨークに滞在したが、このとき、ストラヴィンスキーとディナーを一緒にとった。アメリカからナッソーへ旅をし、四月に帰国し、六月にリーズを訪れた。それから、一〇月に家で倒れた。体の左側が麻痺し、昏睡状態で病院へ運ばれた。ひとまず退院したが、家の敷居を跨ぐとき、「万歳！　万歳！　万歳！」と呼んだという。酸素吸入は続いたが、車椅子で毎日二時間は暖炉のそばにいて、妻が本を読んだり音楽を弾いてやったりするのを聴いたという。体の調子は好転するかに見えたが、クリスマス頃に心臓の具合がおかしくなり、再び昏睡状態に陥り、一九六五年一月四日に世を去った。

Ⅱ T・S・エリオットの詩とその思想

一、「J・アルフレッド・プルーフロックの恋歌」（"The Love Song of J. Alfred Prufrock"）

ダンテと現代

一三一行のこの詩（以下、「プルーフロック」と略記）には、ダンテの『神曲』地獄篇（第二七歌）からの次のような引用がエピグラフとして掲げられている——「もし私の返事を再び現世へ戻る者へ／するのだと私が考えたならば、／この炎はもう再び動かないだろう。／だが私の聞くことが真実なら、生きて再び／この深淵から戻った者は一人もいないのだから、／私の不評判の心配もないし、ご返事しよう。」（野上素一訳に拠る）

これは、ダンテが地獄の第八圏まで降りて来たときに出会ったグイド・ダ・モンテフェルトロ（一二二三〜九八）が、ダンテに名前と出自を訊ねられて語る言葉の一部である。グイドは生前に教皇ボニファツィオ八世に狡智にたけた助言をしたために、他の助言者と共に地獄で一つの炎に閉じこめられている。地獄に堕ちた者がこの炎から語るとき、声は炎の先端から発し、炎が揺れるのである。グイドはこのことについて語っているのであり、さらに次のように説明する——あなた（ダンテ）も死者の一人であるからこそ、私の語ったことを地上へ戻って報告することはないと信じている、と。

「プルーフロック」冒頭の一二行を引用する。

Let us go then, you and I,
When the evening is spread out against the sky
Like a patient etherised upon a table;
Let us go, through certain half-deserted streets,
The muttering retreats
Of restless nights in one-night cheap hotels
And sawdust restaurants with oyster-shells:
Streets that follow like a tedious argument
Of insidious intent
To lead you to an overwhelming question . . .
Oh, do not ask, 'What is it?'
Let us go and make our visit.

それでは行こうか、君も僕も、
手術台でエーテル麻酔をかけられた患者のように
夕方が空に伸びひろがっている頃に。

行こうじゃないか、ほとんど人気《ひとけ》のない街路を通り
落ちつかぬ夜毎夜毎に呟《つぶ》やいている
一晩泊りの安宿、奥まった場所や
牡蠣《かき》殻とおが屑のちらばったレストランのある街路を通って——
途方もない問いへと誘う
油断できぬ目論見《もくろみ》を持って
退屈な議論のように続く街路…
「それは何?」などと訊かないでくれ、
さあ一緒に訪問しようじゃないか。

ここに引用した原詩のスタイルは作品全体のかなりの部分の特徴的スタイルになっている。行の長さは不揃いで、韻律も一定していないが、行末の押韻はできるだけ守ろうとしていることがわかる。定形詩と自由詩の折衷体と称してもよく、若い頃のエリオットは当時の英米の詩人の間では珍しくこのような韻文を、しかもラフォルグの詩を利用して実験的に綴ったのである(創作年は一九一〇年から翌年にかけてである)。

冒頭から、唐突にも「それでは」とあって、何かの語りが脈絡もなく始まっている感じであるが、そのような点がこの詩の他の部分でも一つの特徴となっている。それは、この詩が独白と覚しき形をとっていることと関係があるだろう。

夕空の変容

しかし、何よりも読者を驚かせる、あるいは面喰らわせるのは、二行目と三行目であろう。意表を突いた、不自然で非リアリスティックな夕空の描写、いや夕空についての陳述を、どう読み解いたらよいのであろうか。「夕方」という自然現象（時間）が「のように」という繋《けい》辞を介して「手術台でエーテル麻酔をかけられた患者」に連結されている。「夕方」は単に夕方であるだけでなく、内面化された、心理的・病理学的な意味合いを付与されている感じである。この二行にある病的なものの比喩を通して不明瞭な意識の暗示を汲み取ることが可能である。

表題中の「恋歌」から、月並みでロマンティックな菫色の夕空を予想したとすれば、これらの行はそれを転覆している。ここには、一九世紀末の衰微したロマン主義の詩に慣れていた人たちを驚倒させた、知的な操作の勝ったモダニズムの美学の一斑が示されていると言ってもよい。

W・H・オーデンは、詩の主題は帽子を懸ける釘のようなものにすぎず、詩人は要するに記憶に《メモラブ》価する《ル・ライン》行を創り出せばそれでよいと言ったことがあるが、詩の詩たる所以は――少なくとも詩人にとっては――まさにメモラブル・ラインにあると言えるだろう。私は、無風状態の東京で排ガスが垂れこめて混濁した夕空を見ながら、エリオットの冒頭の部分を思い出したことが何度もある。その部分が二〇世紀末の産業社会の空の複合的な意味を表現することで預言的であったなどと言えば大袈裟に響くだろうか。

　また、ここで思い出すのは、一九世紀末の作家オスカー・ワイルドの箴言《しんげん》、パラドックス、「自然は芸術を模倣する」である。エリオットのこの夕空の行に出会ってから、自然である夕空を自然として、ありのままに見ることができなくなったとすれば、それこそ「自然は芸術を模倣する」と言えるのではないだろうか――そもそも、自然を「あるがままに」見ることが可能かどうかという哲学的・認識論的な問題は措くとして。

形而上詩との関係　自然の事物、イメージを変容《メタモーフォーズ》することが詩の重要な働きの一つであるが、変容《メタモーフォシス》の機能を発揮する比喩の一種、隠喩《メタファー》に劣らず、「〜のような」を介して創られるこれまた比喩の一種、直喩《シミリー》も、エリオットのこの詩の冒頭で力を発揮している。（メタファーは「AはBである」という形をとる。）

　エリオットの夕方の比喩で思い出すのは、彼が賞揚した一七世紀の「形而上詩人」の一人、ジョン・ダンの「告別の辞」という詩が恋人たちを一組のコンパスに譬えている一節である（コンパスの一方の脚がどれほど遠くまで伸びても、もう一つの脚――別れを歎く女性――とつながっている、という理屈っぽい詩行）。人間関係をドライな科学的道具に譬えるのは、「不調和の調和《コンコルディア・ディスコルス》」の一例とも、「形而上的綺想《メタフィジカル・コンシート》」の一例とも考えて差し支えないが、ともかくエリオット自身、『形而上詩人』（一九二一）というエッセイ集で、ジョン・ダンのこの詩を引用している。

一七世紀の「形而上詩（人）」という言葉の中の「形而上」は、哲学・形而上学の意味ではなく、知的で合理的（理性的）な詩風といった程度の意味で使われているにすぎない。元来は、ジョン・ドライデン（一六三一～一七〇〇）が、続いてドクター・ジョンスン（一七〇九～八四）が、一七世紀の詩人を評したときに使った言葉で、揶揄する意味合いがあった。

「不調和の調和」という言葉を私は使ったけれども、問題の第二、第三行を注意してみれば、"The evening is spread out" の下線部（下線、徳永）が手術台の上で横たわっている患者の姿勢と通ずるものを持っていて、だからこの二行中の何もかもが不調和であるとも言えない——少なくとも字面ではそうだろう。

徴候的イメージ

この二行について、スペンダーは次のように説明している——この二行の視覚化不可能な比喩（「恐らくはメタファー」）は、パウル・クレーがあるいは描いたかも知れないようなものだ、と。さらに、「私はこれを徴候的イメージと呼びたい。なぜなら、『患者』は都市の『魂』であるから」、と。また、"etherised"（エーテル麻酔をかけられて）は曖昧であるけれども、ether エーテル、霊気、雲の上の澄明な天空などの意あり）を示唆し、ether は「ロマン派の詩における多くの含意」を持っていて、臨床的含意とロマンティックな含意は、「患者」の宙づりされた意識だけでなく、夜空と星に満ちた夢見る者の頭の状態をも暗示する——このようにスペンダーは解説している。面白い洞察の一例である。（ところで、「麻酔をかける」の医学用語として anaethetise があるが、これは語源的には etherise とは異なり、単に「無感覚《センスレス》」の意味である。）

スペンダーの「私はこれを徴候的なイメージと呼びたい。なぜなら、『患者』は都市の『魂』であるから」という言葉で、私は「プルーフロック」が含まれている詩集『プルーフロックその他の観察』（*Prufrock and Other Observations*）中の「プレリューズ」という作品を思い出す。「プレリューズ」には、人間（また、動物）の「仮面劇」が繰り展げられているが、この「仮面劇」は上流階級の優雅でありきたりの仮面劇とは違って、都市の下層階級の地区を背景に示される恐らくは独身の労働者の貧しい、汚れた、不快を催させるような手、足、目に焦点を絞った描写（「プレリュード」の連続）となっている。この詩では、人間の顔——人間のアイデンティティー——は隠されていて、「君」とか「彼」という代名詞で提示されている。「プレリューズ」の第四セクション（第四「プレリュード」）の一部を示せば——

彼の魂は、都市の区画の背後に褪せてゆく
空に、ピーンと張られ、あるいは
しつこい足に踏みつけられる
四時に五時にまた六時に。
そしてパイプに煙草を詰める短い四角ばった指……（略）

「患者」は都市の「魂」

右の引用部分では、悩み苦しむ者（「患者」）の魂が、たとえば恐らく貧民街の洗濯紐《ひも》のように黄昏の空を背にピンと張られている。これは、引用した部分の後にある「限りなく苦しむもの」という句の繰り返し、強調によって、作者エリオットの心を間接的に暗示するだけでなく、誤読を恐れずに解釈を試みれば、高い場所（十字架上）に張られたキリスト像をさえ喚起するのである。近代都市の汚辱の人間的・物理的なイメージがエリオットに不快を催させると同時に、そうしたイメージが作者自身の精神状態に通い合うものを隠しているのであろう。そのような精神状態（「魂」）を、観察の対象（「しつこい足に踏みつけられる」街路をも含む）へと投射している、と解釈できる。「患者」は都市の「魂」であるというスペンダーのコメントは――ボードレールが歌ったパリを想起させるが――私が右に試みた説明と同じことを意味するだろう。

「プルーフロック」の詩行に戻れば――「君も僕も」が誰を指す代名詞であるかは、後で説明するとして、そこにも示されている都市は「プレリューズ」の都市と共通しており、エリオットはセントルイス、ボストン、ロンドンなどのイメージを合成したものであろう。

また、「途方もない問い」がどういう問いなのかという点も、後で説明することにして、この詩を読み進みたい。

「ミケランジェロ」談義

引用部分の次に、一行置いて、前後の脈絡もなくこんな二行が出てくる――

In the room the women come and go
Talking of Michelangelo.
（部屋の中では女たちが行ったり来たりして／ミケランジェロの話をする。）

「ミケランジェロ」はイタリア盛期ルネッサンスの代表的な彫刻家・画家・詩人であると想定しよう——そう断定する証拠はこの詩に求められない。（Leonardo da Vinci では “go” という動詞と押韻しないだけでなく、“Talking of” の行の音、韻律、ほとんど浮き浮きするようなトーンが狂ってしまう感じである。）ともかく、“go” と “Michelangelo” に聞かれる “o” 音は開いた感じを与え、“come and go” に感じられる一種揺れるような運動が快い。それはそれとして、ある批評家は、「女たち」が社交界の婦人で、賢《さか》しらにミケランジェロ談義をやっている場面であると解釈している。そう解釈すれば、この二行からはアイロニックな効果が出てくる。また、この「女たち」—— ladies ではない——は、そもそも誰なのか、プルーフロックとどういう関係があるのか知りたいと思っても、この二行のすぐ前にある “Oh, do not ask, ‘What is it?’ ／Let us go…” という行が、読者の問いを禁じているのではないか、と一瞬思って（錯覚して）みたりする。（また、先へ「行こう」と促しているのではないか、などと思ってもみる。）しかし、一般的には、恐らくボストンの社交界の婦人たちが晩《おそ》い午後のティー・パーティーを開いていると解釈されているのであろうし、そこを「一緒に訪問しようじゃないか」ということなのであろう。

霧の描写

次に、一五行目から二二行目までの八行が、あるまとまりを持って出てくる——「黄色い霧」が、次に引用されている部分（二三行目から二五行目）も含めて、小動物、それもエリオット風プルーフロック好みの猫のように、「やわらかい十月の夜」に、家や通りの排水溝を触《さわ》りながら動き廻る様が描かれている。エリオット夫人の話では、この黄色い霧は作者がセントルイスの霧の記憶に基づいて描いたものだというが、ボストンに相応しいと考えている人もいる。また、ボードレールの「七人の老人」という詩が、この霧の源になっている可能性も除外できないようだ。

と同時に、この霧や煙のややコミカルで平和な感じの描写については、スペンダーは、実際に都市の霧や煙の動く様を見たことのある人には、それがいかにリアルで自然な描写、イメージであるばかりか、極めて独創的な観察に基づく描写である、と述べている。スペンダーは彼が見慣れているおそらくロンドンの霧を念頭に置いているのであろう。それはそれとして大事なのは、霧や煙が動き廻った後で眠りにつくという描写（引用を省いた）は、F・B・ピニオンが述べているように、プルーフロックを不決断によって悩ます昏睡または感覚麻痺を反映しているという点である。

時間の意識　次は一二行が一つのまとまりを形成している——

　And indeed there will be time
For the yellow smoke that slides along the street
Rubbing its back upon the window-panes;
There will be time, there will be time
To prepare a face to meet the faces that you meet;
There will be time to murder and create,
And time for all the works and days of hands
That lift and drop a question on your plate;
Time for you and time for me,
And time yet for a hundred indicisions,
And for a hundred visions and revisions,
Before the taking of a toast and tea.

(全くの話、時間はあるだろう／窓ガラスにお尻を擦りつけて／街路を滑りゆく黄色い煙にとって。／時間ならまだあるだろう、まだあるだろう、／君が会ういろんな顔に合わせて顔を繕《つくろ》うための時間が。／殺害し創造する時間があるだろう、／君の皿の上で問いをつまみ上げたり落としたりする手の／すべての仕事と日々のための時間が。／君にとっての時間と僕にとっての時間が、／さらに百の不決断のための時間が、／それから百の幻想と想い直す幻想のための時間があるだろう、／トーストとお茶の時間の前に。）

ここで目立つ——耳を欹《そばだ》たせるのは、“there will be time”（「時間があるだろう」）という表現及びそのヴァリエイションである。ここにも時間の先送り、それに示唆される逡巡、不決断が、ある種の言葉の反復そのものによって表現されている。二七行目は、“face”と“meet”が繰り返されたやや長い行になっていて、それを読むと、人に会うことへの躊躇、いや恐れすら伝わってくる感じである。そして、二七行目までは、卑近な現実（「黄色い煙」）や社交のための時間に言及しているが、二八行目では突如として何やら一大事（殺害と創造）のための時間が問題とされ、さらに三〇行目では一大事へのアンチクライマックスとして、日常卑近の些事が述べられていて面白い。「問い」は、後に出てくる「女たち」の一人に対する愛の問いかけであろうか。それはまた、冒頭近くにあった「途方もない問い」であろうか。ともかく「問い」は、ちぎったパンを皿の上に上げたり落としたりするように、口から出そうか出すまいかと想い惑う真剣な問いである。

ヴィジョンとリヴィジョン　三三行目の“visions and revisions”も面白い。前者は「心に思い描くもの」の意味であるが、後者は「修正」の意味の他に、re-visions（再び思い描くもの）の含意もあろう。たとえばここに感じられるような巧みな言葉遊びは、エリオットが真剣な内容の詩を

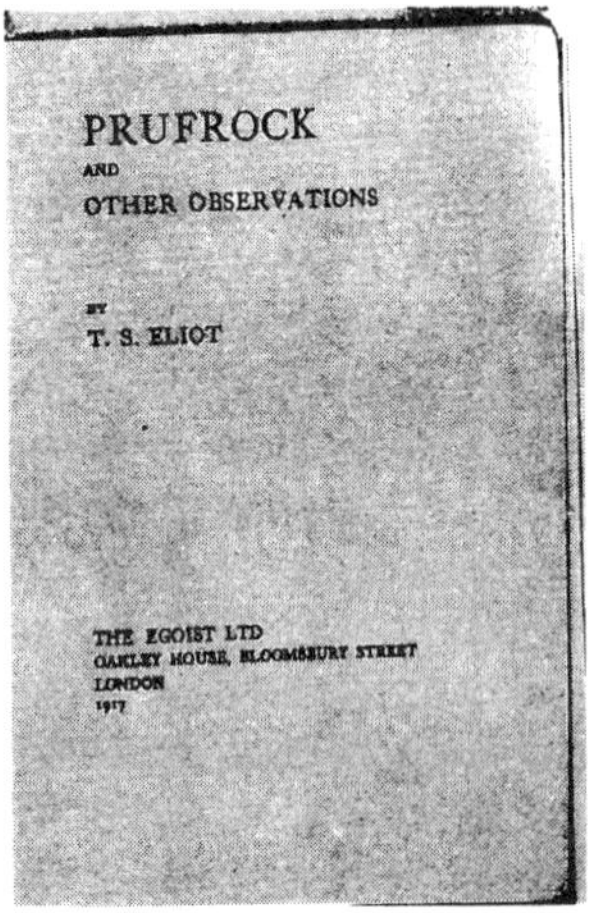

『プルーフロックその他の観察』扉

書くときでも常に心がけたもので、そのことは彼に限らず詩人ならば誰にでも言えることだ。

同時に、自伝的に考えれば、彼は自分の心の悩み、苦しみを受動的にじっと観察し、それを「思い描い」ては再度「思い描い」て、修正した想念、幻想を言葉で表現することを生涯続けた。「観察」という言葉は、「プルーフロック」を含む詩集の表題の『プルーフロックその他の観察』の一部になっていて、この詩集に見られる特徴の一つ、知覚する目の働きの重要性に関わる。また、「J・アルフレッド・プルーフロック」という名前それ自体もやや珍奇な感じであり、それに「観察」が加わった表題は、当時、非詩的な印象を与えただろうことは疑えない。

行動に移れない現代版ハムレット、逃避家のプルーフロックは、右に引用した部分でハムレットを思い描いているかも知れない。ハムレットは——この名前は、この詩の少し先へ行くと実際に現れるが——叔父を「殺害し」て父の仇を討ち、王国に秩序を「創造す」べく、最後には立ち上がるヒーローだが、エリオットの主人公は最後まで行動に立ち上がれないアンチ・ヒーローである。

聖書のパロディー

ところで、「時間」という語の多用には、批評家がすでに指摘しているように、旧約聖書中の「伝道の書」へのアルージョン（言及、あてこすり）がある。参考までに引用すれば――「天《あめ》が下のすべての事には季節があり、すべてのわざには時がある。生《うま》るるに時があり、死ぬるに時があり、植えるに時があり、植えたものを抜くに時があり、殺すに時があり、癒やすに時があり、壊すに時があり、建てるに時があり、泣くに時があり、笑うに時があり、悼むに時があり、踊るに時があり……黙るに時があり、語るに時があり……」そして、「伝道の書」の持っている人生の知恵としての性格は、行動に移れないプルーフロックの人生に対する懐疑を浮上させると言えるだろう。聖書のパロディーと称してもよいエリオットの一節は、身動きのとれなかった青年エリオットの内奥、悩む魂の表現でもある。（彼の悩みには性的なものもある。）

ところで、「時間」のモチーフは、「形而上詩人」の一人、アンドルー・マーヴェルの「はにかむ恋人へ」という詩を意識させると考える学者もいることを付け加えておこう。

さて、この一節の後に、もう一度、「部屋の中では女たちが……」が出てくるが、このあたりまで読み降ると、最初に引用した部分の最終行、「さあ一緒に訪問しようじゃないか」は、恐らく社交の場面（「女たち」のいる場所）を訪れたいというプルーフロックの、結局は自ら否定してしまう欲望を表現していることはほぼ確かである。

先へ進むと、「時間」のモチーフがさらに一二行にわたって出てくる。そして、そこでかなり明瞭になるのは、この詩の「私」が恐らくは中年の男で、ドラマティックな独白を続けているという設定である――

まったくの話、時間はあるだろう
「断行してみるか？」そしてまた「断行してみるか？」と思う時間が。
踵を返して階段を降りて行く時間が——
僕の頭の真中《まんなか》にある禿げを見せて——
（女たちは言うだろうな、「あの方の髪はほんとに薄くなっているのね！」）
僕のモーニング・コート、ガチッと顎まで突き上げたカラー、
僕のネクタイは深みのある色だが地味で、単純なタイピンで自己主張して——
（女たちは言うだろうな、「あの方の腕も脚もほんとに細いのね！」）
思い切って
宇宙を攪乱してみせようか？
一瞬たてば時間がある
決断のための、一瞬が逆転させる修正のための時間が。

不決断と意識　「断行してみるか？」（"Do I dare…?"）が二回繰り返されているが、このセンテンスに限らず、前篇にわたって他のフレーズ、センテンスが反復されていて、そうした繰り返し自体に、詩の主人公の心理的状態が暗示されていると感じられる。また、右に引用した部分では、主人公の自意識と自嘲ぎみな独白が示されている。「思い切って／宇宙を攪乱し

て」みせることなど不可能なこの人物は、読者の憫笑を誘うかも知れない。

自分のイメージが他人の――ここではもしかして「恋歌」の対象であるかもしれない「女たち」の――目にどう映るかを気にしているプルーフロックの内的独白があるが、自分の表面的、社会的な姿を気にするプルーフロックは、エピグラフのグイドという人物に共通している。と同時に、「断行してみるか？」と、「思い切って／宇宙を攪乱してみせようか？」には、そのような皮相的・日常的自己の下に潜んでいるもう一つの自己がある。

エリオットが若い頃に読んだベルクソンの哲学に「皮相的な自己」と、それに叛逆する「根元的な自己」という言葉があるが、プルーフロックの内的独白には分裂した二種の自我が顕示されているようである。「根元的な自己」は、フロイトの言う「リビドー」（性本能のエネルギー）をも含むと考えれば、「断行」は人間的愛の告白を示唆するであろうし、そのことは個人的には「宇宙を攪乱」するような大胆、暴挙でもあるだろう。しかし、「宇宙を攪乱」することは、この詩のもう少し先に出てくる洗礼者ヨハネの殉難という聖なる行為への憧憬を暗示する。殉教は、世俗的なハムレットの行動とは次元が違うけれども、共にハムレットの台詞「生きるか死ぬか［在るか在らぬか］」（"To be or not to be"）が示す人生の一大事に関わる。いずれにせよ、殉教によって死の中に生を見出すという崇高な目的は、プルーフロックの心に「途方もない問い」として留まったまま、詩の最後にきて実現の可能性は全く搔き消されてしまうことがわかる。

「恋歌」の意味

表題の「恋歌」はしたがって、発声されぬ人間的な恋歌であると同時に、日常的な自己と根元的な自己の相剋によって抑えられ、挫かれる宗教的な愛の歌の示唆を含むと考えることができるだろう。詩の冒頭にあった「君も僕も」は、そのような分裂した自己を表す代名詞と考えて差し支えないだろう。また、スペンダーが冒頭の部分に関して使った「ロマンティックな含意」は、預言者、殉教者を「夢見る者」という含意でもあり、この夢想者はときに、日常的、社会（社交）的な心に人間的愛の想念、幻想が侵入するのを許すのである。根元的な自己にあっては、「さまざまな状態や変化が互いに滲透し合う」のであり、そのことは、この詩の最後までさまざまな心的情景が「君」と「僕」を含む詩人エリオットによって一見何の脈絡もないかのように並置されるという、流動的な形そのものに示されていると解釈できるかも知れない。（ベルクソンに関する部分はジョン・T・メイヤー著『T・S・エリオットの沈黙の声』から引用。）

次の六行のまとまりには、「僕」が何もかも知ってしまったこと、「僕は一生をコーヒー・スプーンで計りつくした」ことが述べられているが、主人公がインテリで、自意識過剰であり、自意識のいわば地獄から脱出できない人間であることが、他の部分も考慮するとわかってくる。そして、ここに、ダンテからの引用をエピグラフとして掲げていることの意味が浮上する。主人公を条件づけている環境と自意識が彼の地獄であり、ダンテから引用した詩行がこの地獄のメタファーであると言えるだろう。

ところで、「僕はコーヒー・スプーンで……」というセンテンスもまた面白い。「君の皿の上で問いをつまみ上げたり……」という部分と思いあわせると、社交の場面（プルーフロックが想像したもの）が背景として考えられるが、そうした社交界の些細な、日常的な事柄を比喩にして、自分の一生をすでにして知ってしまったというのである。しかし、いっさいを知ってしまったという認識は、行動できないことの言い訳でもあるだろうが、生きながら死んでいることの認識と不可分である。（なお、「僕はコーヒー・スプーンで……」という表現については、私は「コーヒー一杯のしあわせ」という庶民的、センチメンタルな言葉を聞いたことを思い出す。）

　And I have known the eyes already, known them all —
The eyes that fix you in a formulated phrase,
And when I am formulated, sprawling on a pin,
When I am pinned and wriggling on the wall,
Then how should I begin
To spit out all the butt-ends of my days and ways?
　And how should I presume?

（そして僕はあの目をすでに知っている、みんな知っている――／君を公式文句の針で止める目を、／そして僕が公式文句で括《くく》られ、針を刺されて手足を伸びひろげ、／針を刺されて壁にのたうち廻るとき、／どうやって僕は／僕は日々と習わしのすべての吸い殻を吐き出し始めるというのか？／どうやって思い定めるというのか？）

客観的相関物

他人の目、見方を意識し、他人によって複雑な自己がおきまりの社会的期待、社会的範疇に押しこめられる（「君を公式文句《フォーミュラ》の針で止める」）ことを、針を刺された昆虫のもがき苦しむイメージで巧みに表現している。この昆虫は、苦しみの点で、詩の冒頭にあった「患者」と分かち合うものを持っている。「君」は「僕」というプルーフロックの中の、「僕」から眺めて望ましい自我、根源的な自己であり、この自己は他人の目には見えないもの（ヨハネになりたい自己）である。このような核心的意味を持つ「君」が、日常的、社会的、皮相的な自己（「僕の日々と……吸い殻」）を棄て去ることが不可能、または不可能に近いことが暗示されている。二つの疑問文は修辞的（反語的）疑問文として読めばよいだろう

（批評家としてのエリオットは、一九一九年のエッセイ「ハムレット」で、「特定の感情の公式文句《フォーミュラ》（定式）」となるようなイメージ、情況、出来事を見つけ出す、つまり「客観的相関物《オブジェクティヴ・コレラティヴ》」を発見することの重要性を問題にしたが、もがき苦しむ昆虫のイメージは、「客観的相関物」というフォーミュラの一例と言えるだろう。）

ところで、ダンテからのエピグラフを、詩の隅々にまで当てはめる必要はないが、昆虫が苦しみながらどうにか生きている状態が、プルーフロックの地獄であると考えてもよいだろう。

引用した部分の最終行にある “presume” という動詞は、日常会話では「〜だろうと思う」（suppose）と同意で、やや気取った感じを伴い、しかし、インテリであるプルーフロックに相応しいとも思われるが、語源として「冒険する」の意を含んでいて、すでにこの詩に使われた、大胆に行動する（「断行する」(dare)）ことに結びつくことを——したがって、「途方もない問い」を発するという含意を持っていることを——指摘しておきたい。

苦いアイロニー

　詩を読み進むと——女の腕のイメージや、上着を脱いでワイシャツ姿のままの淋しい男たちが窓から体を乗り出している下町のイメージに続いて、「僕はギザギザの鋏をした蟹となって／沈黙した海の床《ゆか》をカサカサ走った方がましだった」という、これまたメモラブル・ラインが出てくる。この二行に『ハムレット』二幕二場でのハムレットの言葉の谺《こだま》を聞いている批評家もいる。（ある日本人コメディアンが「ぼくは貝になりたい」と言ったのを思い出す。）この二行はその前後の部分と直接に関連はないが、自分の存在を無に等しいと観照している点では、「一生をコーヒー・スプーンで計りつくした」と同巧異曲であろう。

　スペンダーは、極めて意識的なアイロニーがこの詩全体を一幅の絵の表面のニスのように覆っているが、もしプルーフロックが自分を「ギザギザの鋏をした蟹」として視ているなら、彼の独白の他の部分と較べて調子外れであり、それは彼がアイロニーの仮面を外しているからだ、とコメントを書いている。「アイロニーの仮面を外している」ということは、もちろん、プルーフロックが率直で悲痛な告白をしているということであり、そのような読み方を否定する根拠はないと思う。

詩を読み進もう――退屈で平和な時間が「床《ゆか》に手足を伸ばして」（"stretched on the floor"）横たわる様が述べられ、そうした倦怠《アンニュイ》にあって、主人公は何かしら危機的情況を夢想し、それが何かの犠牲者、迫害を受ける預言者の情況でもあることを想像する。（「床に手足を伸ばして」は冒頭の「夕方」の陳述へと結びつくようである。）

　しかし僕は泣いて断食し、泣いて祈ったけれども
　僕の頭が（わずかに禿げてはいるが）大皿に載せられて運びこまれるのを見たが、
　僕は預言者どころではないのさ……

神経の絵模様

引用部分の第一行には旧約聖書「サムエル記下」の谺があり、また、その次の行には、これまた聖書（「マルコ伝」や「マタイ伝」）にあって、オスカー・ワイルドも利用した洗礼者ヨハネに関するエピソードが歴然としている。（ヨハネは舞姫サロメの願いによって斬首され、その生首は大皿に載せられてヘロデ王の宮廷広間に運びこまれる。）また、引用部分の先には、アンドルー・マーヴェルへのあてこすりもある（「宇宙をしぼって一つのボールにまとめて……」）が、このあてこすりは、マーヴェルに対するものであるだけでなく、エリオットがハーヴァード時代に感銘を受けた、アーサー・シモンズの『文学における象徴主義運動』中のラフォルグに関する部分に似た表現のあることを指摘している学者もいる。次に、詩の主人公はさまざまなことを仮定し、

そうした仮定事項を実現したとしても、実現のし甲斐があったと言えるだろうか、と反問した後で、「僕は思った通りに言うことは不可能だ！／しかし、まるで魔術幻灯がスクリーンに神経を絵模様にして写し出すかのように」と独白する二行がある。この二行目もまた有名なものと言える。ところで「魔術幻灯《マジック・ランタン》」は、光源が半透明のスクリーンの背後に距離を置いて設けられた幻灯で、可動性の台部と調整可能なレンズが、無気味に前進または後退する人物像に応じて、さまざまな映像を増大または縮小させる。この機械が初めてロンドンの劇場で実演されたのは一八〇二年であったが、超自然的で無気味な視覚的効果は、当時、爆発的な人気の的になったという。（富士川義之「都市の声、鳥の歌」（『文学』一九八九、四月号）を参考にした。）

また、魔術幻灯という言葉は、エリオット文学の源流の一つをなす作家、ヘンリー・ジェイムズが書いた小説、『使者』でも使われていて、その場面は、主人公ストレザーのパリ体験を走馬灯のように次々に変化していく瞬間の連続として捉えている場面である。

世俗的ヒーローとしてのハムレット

右に引用した二行に続いて、こんな六行（一〇五〜一一〇行）がある——「やり甲斐のあることだったと言えるだろうか——／仮りに女が枕をちゃんと置いたりショールを投げ棄てて、／窓の方に向きを変えて、『そういう訳ではないの、／そんな積りじゃなかったのよ、全然』と言ったとして。」この部分では、プルーフロックは「恋歌」の実行される場面を心に描きながらも、それが実行されることへの疑問を表現しているのであろう。

No! I am not Prince Hamlet, nor was meant to be;
Am an attendant lord, one that will do
To swell a progress, start a scene or two,
Advise the prince; no doubt, an easy tool,
Deferential, glad to be of use,
Politic, cautious, and meticulous;
Full of high sentence, but a bit obtuse;
At times, indeed, almost ridiculous—
Almost, at times, the Fool.

（違う！　僕はハムレット王子じゃないし、王子に生まれる予定でもなかったんだ。／お付きの貴族にすぎん——ご巡幸を華麗にしたり、／芝居の幕引きをしたり、王子に進言したりするのがせいぜいの役目。／確かに、気楽に使える道具。／腰を低くして、お役に立てれば幸いで、／術策を弄し、用心深く、細かいことにこうるさい。／感情は高邁で話しぶりは学識豊かだが、ちょっぴり鈍感居士さ。／それどころか、時には滑稽すれすれだ——／時には道化すれすれだ。）

この部分でプルーフロックは、預言者が持っていたような崇高な使命感の意識、憧憬を抑えて、世俗的ヒーロー（ハムレット）の役割を思い描き、次にこの役割の意識を即座に修正し、追従者であり貴族でもあるポローニアスの役を思い描いている。根源的な、深い、憧れる自己に対して、社会的・皮相な自己が優位になっていることを暗示すると解釈できるだろう。

ここに少し難しい、または古い英語が使われているのは、『ハムレット』のある場面をあてこすっているからであろう。引用部分冒頭の行の“to be”にハムレットの有名な独白中の“To be, or not to be : that is the question”の谺を聞くことも可能であり、そうなれば、引用部分全体にはハムレットの「時には」「感情は高邁」な独白に、エリオットのアンチ・ハムレット（プルーフロック）が割って入り、ハムレットとは対蹠的で屈従的な人間の独白を開陳している、と考えることができる。“to be”は根源的自己として「生きる（在る）」ことであり、皮相的・社会的な自己として生きることは、“not to be”であると解釈できるだろう。つまり、生きながらの死（death in life）であり、そのような人間はエリオットの「空ろな人びと」（一九二三）でもある。また、冒頭一行は、ダンテの地獄篇（第二歌）にある「私〔ダンテ〕はアエネーアスでもなく、〔聖〕パウロでもない」をもじっていると指摘する学者もいる。（アエネーアスは生身のまま彼岸の世界を訪れたことが『アエネーイス』に記されており、聖パウロは中世の伝承で天国だけでなく地獄へも行ったと信じられた。）

引用部分の最後にある「道化」は、エリザベス朝の劇によく登場する人物で、宮廷でエンタテイナーとしてナンセンスとも聞こえるお喋りをするが、実はこのナンセンスは逆説的な智恵を含むノンセンスなのである。『ハムレット』の場合、「道化」はヨリックという人物で、ハムレットは今は亡きヨリックを愛情と憐みをもって思い出す。

また、エリオット自身は、道化フォールスタッフの次のような言葉を思い出した、と言った――「このイングランドで絞首刑にかけられなかった善人は三人もいないが、その一人は肥っていて、年を取る」（「ヘンリー四世」第一部、二幕四場）。しかし、フォールスタッフのこの台詞を思い出さなければエリオットのこの部分が読めないわけではない――ただ、フォールスタッフのこの台詞の中の "and one of them is fat, and grows old" の下線部（下線、徳永）が、エリオットの一二〇行目にある「僕は年を取る……」("I grow old...I grow old...") に谺していると考えてもよいが、同時にしかし、エリオットのこの行は主人公の自嘲的な台詞としてだけ受け取って構わない。

一九二〇年代のファッション

「プルーフロック」はさまざまな古典への言及を含んでいるが、同時に作者エリオットが青年時代を過ごした時代的背景も忍び込んでいて、「僕は年を取る……僕は年を取る……／ぼくはズボンの裾を折ったのを着《は》こうか。」の二行目には、この詩が書かれていた頃流行し始めていたズボンのスタイルに言及していて、主人公はおどけて粋がっているのである。また、次に引用した部分にある「僕は髪をうしろで分けようか？」というセンテンスは、第Ⅰ部で述べたように、青年時代のエリオットの直接の経験を指していると考えることもできる。

Shall I part my hair behind? Do I dare to eat a peach?

I shall wear white flannel trousers, and walk upon the beach.
I have heard the mermaids singing, each to each.
I do not think that they will sing to me.
（僕は髪をうしろで分けようか？／思い切って桃を食べようか？／白いフラノのズボンを着《は》いて浜辺を歩こうかな。／僕は人魚たちが互いに歌い合っているのを聞いた。／／あれは僕に歌いかける声ではないらしい。）

「プルーフロック」の冒頭にあった「途方もない問い」の一つの意味、つまり「宇宙を攪乱してみせようか？」に汲み取れる崇高な殉教への意識、高邁にもロマンティックな夢がついに、「桃を食べようか？」に暗示される日常的・卑俗な問いにまで矮小化されているようである。女性への「恋歌」を「思い切って」歌ってみようか、という問いにまで堕ちてしまっている。（なお、「桃を食べようか？」にはセックスの含意があるとする指摘がある。）「白いフラノのズボン」は、頭の禿げているプルーフロックには不向きである——これまたアイロニーの一例。

「恋歌」を歌うことのついに叶わぬプルーフロックの、この現代的アンチ・ラヴソングが終わりに近づいている右の引用部分では、突如として彼の独白の世界とは無関係に「人魚たち」が仲間内だけの歌を歌う。「人魚たち」は、ジョン・ダンの「歌《ソング》」という詩にある「人魚たちが歌っているのを聞くことを教え給え」を揶揄している、という指摘がある。ダンの詩行のもじりであるとするなら、人魚たちが歌っているのを、真の意味で「聞くことを」プルーフロックはついに教わらないのであって、なぜならプルーフロック自身が「恋歌」を彼女たちに歌うことをしないからであり、だから彼女たちは「僕に歌いかける」こともないのである。「人魚」（すなわち「海の娘《マーメイド》」）はたとえフィクションであろうとリアルな海の世界に属する自然な存在であり、――また、「人魚」の行はこの詩の他の部分に較べて抒情的であるが、――そのような存在とプルーフロックは真の意味のコミュニケイションを果たすことができない。彼女たちの海から彼は彼であるが故に疎外されているのである。

人魚とホメロスへの言及

「人魚たち」の部分はまた同時に、既出アーサー・シモンズの著書にあるフランスの詩人、ジェラール・ドゥ・ネルヴァル（一八〇八～五五）の書いた「僕はセイレンが泳ぐ洞窟で夢をみた」をあてこすっているとも考えられる。（セイレンはギリシア神話でシチリア島近くの小島に住んだと言われる半人半鳥の海の精で、船人は彼女たちの美しい歌声を聞くと魅せられ、海に飛びこんで死んだという。ホメロスの詩にも登場する。）

さて最後の三行は――

We have lingered in the chambers of the sea

By sea-girls wreathed with seaweed red and brown
Till human voices wake us, and we drown.
（赤と茶色の海草の花輪を着けた海の娘たちの傍《そば》で／僕らは海の部屋にぐずぐず時を過ごした
が／やがて人声で目を醒まし、溺れゆく。）

「僕ら」は、「海の娘たち」と一緒《ウィズ》にではなく、その「傍で《バイ》」時間を過ごした（コミュニケイションを果たさなかった）が、その場所は「海の部屋」すなわち「プルーフロック」という詩のいくつもの比喩的な「部屋」つまり部分である、というのであろう。「海の部屋」は既出の「沈黙した海の床《ゆか》」と呼応するが、「沈黙した海の床」もまた、この詩そのものに対してメタフォリカルな関係を担わせられていると考えてよい。

（ところで、「部屋」と言えば、英詩の「連」または「節」の意味である **stanza** は、「部屋」の意味のイタリア語 **stanza** から由来する。伝統的な英詩の形式がきちっとしているスタンザは、実際、箱の（部屋のような）形をしている場合が多い。エリオットの自由詩《フリー・ヴァース》「プルーフロック」の各部分は、厳密に言って「スタンザ」とは呼べないかも知れないが、行末の押韻はかなり意識的に用いられていて、だから、ややいびつな「部屋《スタンツァ》」と言えるかも知れない。日本製のある乗用車に「スタンツァ」という名前がついているのを初めて見たとき、この当世風な「部屋」「広間」に不案内な私はびっくりした。）

ともかく、この詩のアンチ・ヒーローが閉じこめられている「海の部屋」は、そばに人魚がいても、孤独な意識・独白の空間であり、彼の想念は、グイドがダンテの地獄で炎を揺らめかすように、時折、内面で揺らめくけれども、効果を発揮し得ないのである。

最後の一行については、グロウヴァー・スミスは詩全体のテーマを要約するような形の解説をしている——人魚のエロティックな幻想を放棄することも、肉体的愛なしに満足することもできなくなった彼「プルーフロック」は、人生に絶望する。彼は人間に虚しさを発見することでナイーヴな感傷性を超えた境地に達したが、人生の空虚に代わるべきものは何一つ発見しなかった。彼の悲劇は、愛が達成不可能でありながらも欲望の対象になり得ているような人間の悲劇としてとどまっている、と。

精神的死で終わる

人魚の声は、抒情的諧調がはっきりしている人魚の描写それ自体に暗示されている。それでは、「僕らは……人声で目を醒まし、溺れてゆく」という最終行の人間の声は誰の、どこにある声なのだろうか。人間の声を、この詩の外側に求めるよりも詩の中に求めるとすれば、それは特定的には、詩中の引用符で囲われたさまざまな声が暗示する日常的レベル、預言者の根源的レベル、恋人を意識するこれまた自然で本能的なレベルの人間の声である、ということになるだろう。そして、プルーフロックは幻想の中で聞いた人魚の声に反応することができないうちに、やがて人間の声が彼の幻想に闖入して、彼を醒まし、彼は海の部屋の中で溺死する。プルーフロックは、真の意味で他者と呼べる者に向けられた自然な愛の歌をついに歌うことができず、冒頭の「それでは行こうか」という決意が無にされて、精神的な死の状態で終わるのである。

「プルーフロック」という肖像画には確かに、スペンダーが言うように、アイロニーというニスが塗られているが、このニスは薄い。その下にあるのは、懐疑的意識・精神を持ったピューリタン的な、苦悶するエリオットの姿である。この苦悶は、人間的自由や自然な感情に対するピューリタン的不信と、他方でそうした自由や感情を必要とする詩人の欲求と、この二極の間に分裂してもがく一個の精神を示唆している。自由や感情に対する憧れは、わずかに人魚の抒情的な描写に暗示されていると言えるだろうか。

J・T・メイヤーは「プルーフロックがエリオットの全作品中でもユニークであり、その理由はプルーフロックの「思い切って」行動することへの拒否が、ゲロンチョン（「ゲロンチョン」の主人公）、ティレシアス（『荒地』に出てくる人物）、「聖灰水曜日」の主人公、『四つの四重奏』中の声などの原型になっているからだ、と説明している。

リンダル・ゴードンは、著書『エリオットの初期』を、未発表のエリオットの資料（詩篇を含む）を利用しながら、彼のニューイングランド的伝統を重視して書いた。主人公プルーフロックはヘンリー・ジェイムズの短篇小説「クレイピー・コーニーリア」（一九〇九）に出るホワイト＝メイスンという煮え切らない独身者を作り直したものだと指摘したグロウヴァー・スミスに対して、ゴードンは「孤独な思索家」の面を持つプルーフロックが一段とエリオットに近いと考えている。そして、孤独な思索家であるだけでなく、詩中の斬首されたヨハネの例に見られるように、殉教者に憧れる面を持っていたエリオット像を初期の他の詩に求めていて、そうした感受性をエリオット的プルーフロックの中に認めている。このような「苦悶する感受性」（J・T・メイヤー）を持つプルーフロックは、詩中に示唆されているお上品なボストン婦人たちの社交を無意味なものと軽蔑していて、それが詩に表れており、孤独なプルーフロックは誰かある女性に心のうちを明かしたいと願いながらも、恋人同士の「君と僕」の話だけを欲する女たちを恐れるのだ、とゴードンは考える。

ゴードンはまた、「途方もない問い」は恋人の問いではなく、エリオットがハーヴァード時代にパリで聴講したベルクソン哲学に関わるものだ、と示唆する――ベルクソンの「生きることは年を取ることである」という言葉は、積み重ねられた経験を要約しているし、またプルーフロックにとって人生は、「心理的状態、記憶、役割の継続である」と考える。コードンはさらに、ドストエフスキーの癲癇が個人の欠陥ではなくなってしまい、それを直視して研究する才能を持っているなら正真の個人的宇宙への入口となることをエリオットは理解したのだとして、「エリオットは自分の禁忌を利用して恋人としてのプルーフロックを思い描き、預言者としてのプルーフロックの狂った空想において、自分の幻視的瞬間を戯画化した」と解説している。

二、『荒地』(*The Waste Land*)

神話と文化人類学 このあまりにも有名な詩は四三三行から成り、それに作者自身のかなり大量の「注」が付けられている。長い作品であるから、何とか抜粋して、この作品の面白さ、特徴、思想などを考えてみよう。

『荒地』に付した作者の自注は、「表題だけではなく、この詩の計画、及び偶然に付随している象徴性は、ジェシー・L・ウェストン女史の聖杯伝説に関する著作『祭祀から騎士物語《ロマンス》』(一九二〇)によって示唆されたものである」と認めている。また、ジェイムズ・G・フレイザーの『金の枝』(一八九六~一九一五)中の豊穣祭祀を扱っている部分にも負うている、とも記している。

エリオットが示唆を受けたという、このような神話・伝説では、漁夫王《フィッシャー・キング》と呼ばれる水辺の城の主が負傷したり、悪しき欲望のために不具や不能になったりすると、作物は旱魃で実らず、国土も住民も不毛となる、すなわち「荒地」と化すというのである。そして、このような呪いを解くために、高潔で勇敢な騎士《ナイト》が現れて、「危険な聖堂」の中にある二つの神器、槍と聖杯を手に入れると、国土は再び豊饒になる。

ところで、槍は男性の、聖杯は女性の、それぞれ性器の象徴と考えられるが、両者とも古代地中海沿岸の国々の豊穣神（アドーニス、アッティス、オシリス）の所持品ということになっていて、ローマ時代に入ると、槍は十字架上のイエスを刺した槍であると信じられ、聖杯はイエスが最後の晩餐に用いた盃であるとか、十字架上のイエスの血を受けたものであるなどと信じられるに到った。そして、このような聖器を求めて苦難の旅をする騎士の物語（ロマンス）が、中世において数多く生まれた。

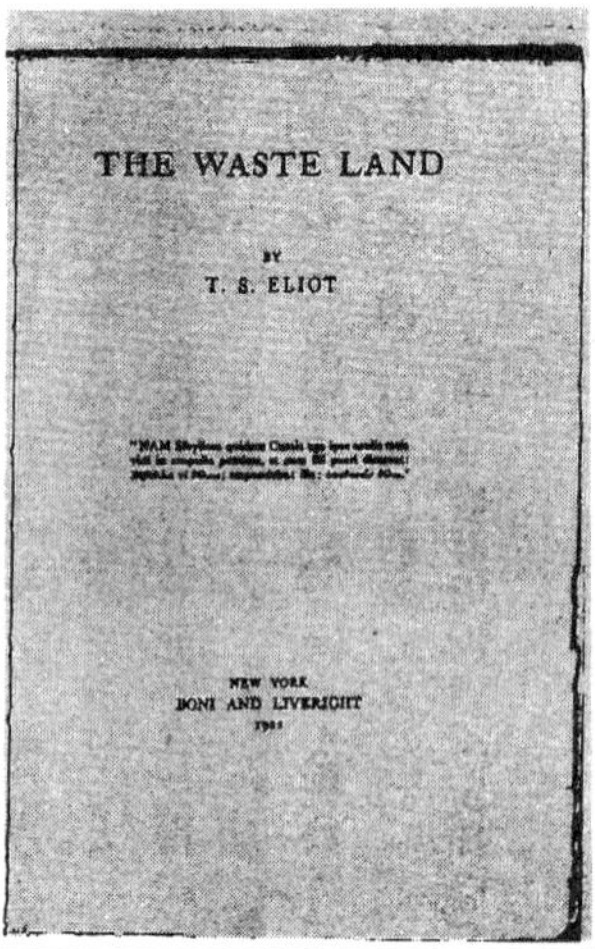

『荒地』タイトルページ

聖杯探求のロマンスと豊穣祭祀における原型的パターン、つまり生命現象の根源であるセックスを中心とした生↓死↓再生のパターンが、『荒地』の枠組となっていると考えられるが、これはエリオットがジョイスの小説『ユリシーズ』に関して用いた「神話的手法」の一つであって、荒廃と救済・再生の普遍的、永遠のテーマとなり、このテーマを枠としてその中にエリオット個人の、この詩の創作当時の精神的「荒地」が垣間見られるようになっている。

また『荒地』には、ローマ皇帝ネロの廷臣であった諷刺作家ペトロニウス（一世紀）の作とされる『サテュリコン』から採った一節が巻頭のエピグラフとして使われている――「私はかつて、クマエの巫女《みこ》シビラが壺の中にぶら下がっているのを、この目で見た。子供たちが『シビラよ、何がしたいの』と訊ねると、彼女は『死にたいんだよ』と答えた。」

シビラは古代の国々の巫女（預言者）の一人であるが、中でもクマエのシビラは特に有名である。

（クマエはイタリア南西部カンパニャ海岸の古都。）シビラはアポロンに頼んで、一握りの砂粒の数と同じ年数だけ永生きすることを許されたが、不注意にも、永遠の若さを願うことを忘れ（！）、そのため老いさらばえて預言の能力も衰えたと言われる。（このシビラはウェルギリウスの叙事詩『アエネーイス』において、黄泉《よみ》の国巡りでヒーローのアイネアースを案内した。ダンテの『神曲』にも彼女への言及がある。）

『荒地』は発表の段階で原稿のおよそ半分の長さに縮められたが、原稿に手を加えて「帝王切開」を施した友人パウンドに捧げられている――「より巧みなる芸術家へ」と。（これは『神曲』煉獄篇第二六歌から採った言葉である）。

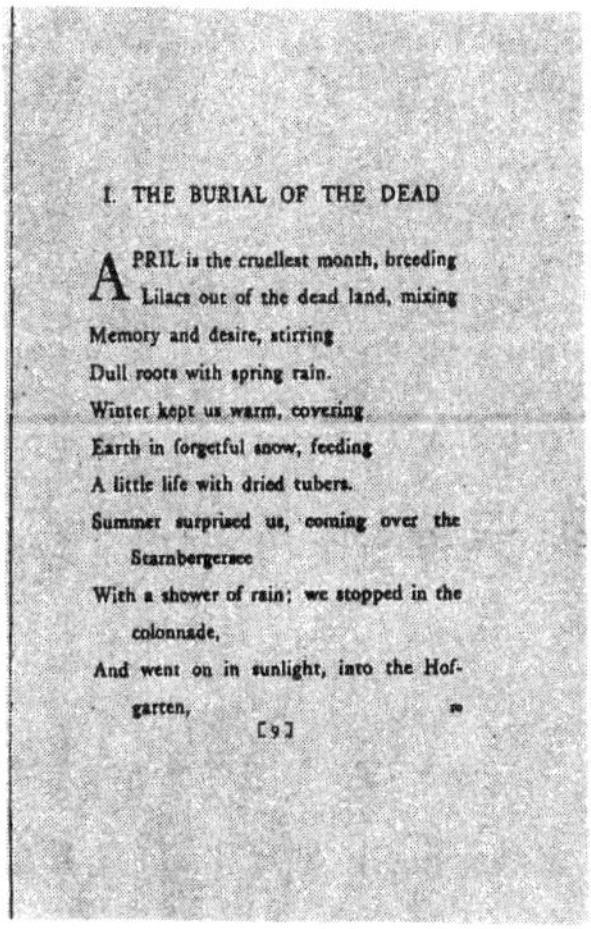
I. THE BURIAL OF THE DEAD

APRIL is the cruellest month, breeding
Lilacs out of the dead land, mixing
Memory and desire, stirring
Dull roots with spring rain.
Winter kept us warm, covering
Earth in forgetful snow, feeding
A little life with dried tubers.
Summer surprised us, coming over the
Starnbergersee
With a shower of rain; we stopped in the
colonnade,
And went on in sunlight, into the Hof-
garten,

[9]

『荒地』冒頭（第１頁）

第一章　「死者の埋葬」（The Burial of the Dead）

四月は一番残酷な月　さて、第一章「死者の埋葬」は、英国国教で行われる埋葬の儀式の表題の一部である。第一章の有名な冒頭の部分は――

April is the cruellest month, breeding
Lilacs out of the dead land, mixing
Memory and desire, stirring

Dull roots with spring rain.
（四月は一番残酷な月だ、／死んだ大地からライラックを育て、／記憶と欲望を混ぜ合わせ、／春の雨で鈍い根をふるい立たせる。）

この四行は、四月の雨が植物を蘇生させることを歌うチョーサー（一三四三?〜一四〇〇）の『カンタベリー物語』のプロローグのパロディーであると指摘されているが、チョーサーの月並みで肯定的な春の扱い方とは全く違って、エリオットの春は否定的に観照されている。逆説的な表現の中に「荒地」のテーマが打ち鳴らされている訳で、四月が真の精神的蘇生をもたらさず、記憶によって性的欲求を掻き立てる（セックスの含意を汲み取ってもよい「根」をふるい立たせる）のみだ、と読むことが可能である。だからこそ四月は「残酷」なのであろう。

ところで、この冒頭に限らず一八行目までの部分で、エリオットはルパート・ブルック（一八八七〜一九一五）というイギリスの詩人の当時有名だった作品「グランチェスターの旧牧師館」を念頭に置いていたかも知れないという説がある。ブルックの八音節の行からなる作品は、ドイツにあって故郷のグランチェスターの自然のすばらしさを想う詩であるが、軽快なテンポで進むこの詩とエリオットのこの部分は、全くといってよいほど違うので、イギリス的なジョージ王朝詩人ブルックの作品は、エリオットと対蹠的な自然感を表現したものとして読むと、両者を際立たせるかも知れない。

「荒地」の断片性　「荒地」のイメージは一九行目以下で、具体的に次のように表現される——

しがみつくこの根は何だ、この石屑から
どんな枝が生え出るというのか？
人の子よ、君には分かるまい、臆測もできまい。
なぜなら、積み上げた壊れた偶像しか知らないからだ——
陽差しが打ちつけ、枯木が憩いの蔭を恵まず、
コオロギが慰めを与えず、乾いた石が水音を発《あ》げない場所。……

「人の子よ」は、旧約聖書「エゼキエル書」にある言葉で（エリオットの自注にある）、そこでは神が預言者エゼキエルに向かって、「人の子よ、立ち上がれ、私はあなたに語ろう。」と言い、「叛逆の家」であるイスラエルの民《たみ》に対して「義」の厳しさを再認識させるために教えるようにという使命を語るのである。「壊れた偶像」も「エゼキエル書」にあって、イスラエルが偶像崇拝をしていることに対する神の審きが語られる。引用した詩行には、他にも聖書的谺《こだま》がある。

なお、引用した部分から六行目に「私は君に一握りの土で恐怖を見せてやろう」とあるが、この“a handful of dust”という句は、イギリスのカトリック作家イーヴリン・ウォー（一九〇三〜六六）の、表面的にはコミカルだが一九三〇年代イギリス社会の空虚な道徳に対する批判を蔵した面白い小説

（一九三四）の表題になっているだけでなく、扉の頁には「一握りの土」までの四行がそっくりエピグラフとして掲げられている。

さて、『荒地』には、さまざまな詩的断片、場面、観照、預言的発声が、一見して相互に無関係に出てくるが、表面下には荒地物語とも言えるテーマが響き合っている。断片を並置するのは現代芸術のアサンブラージュ（空缶、空瓶、紙屑その他を寄せ集めて構成する現代美術の手法）に似ていて、大きな特徴ともなっている。と同時に、『荒地』の終わり近くで、作者は個人的な意味を持たせて「これらの断片で私は身の破滅を支えてきた」と言っているように、まさにこの詩を断片の連続として読んで、深い意味を持ったテーマを必ずしも穿鑿する必要はないと言う人もいる。

ヒアシンスの象徴性　次の「断片」を示せば——

‘You gave me hyacinths first a year ago;
　‘They called me the hyacinth girl.’
—— Yet when we came back, late, from the hyacinth garden,
Your armes full, and your hair wet, I could not
Speak, and my eyes failed, I was neither
Living nor dead, and I knew nothing,

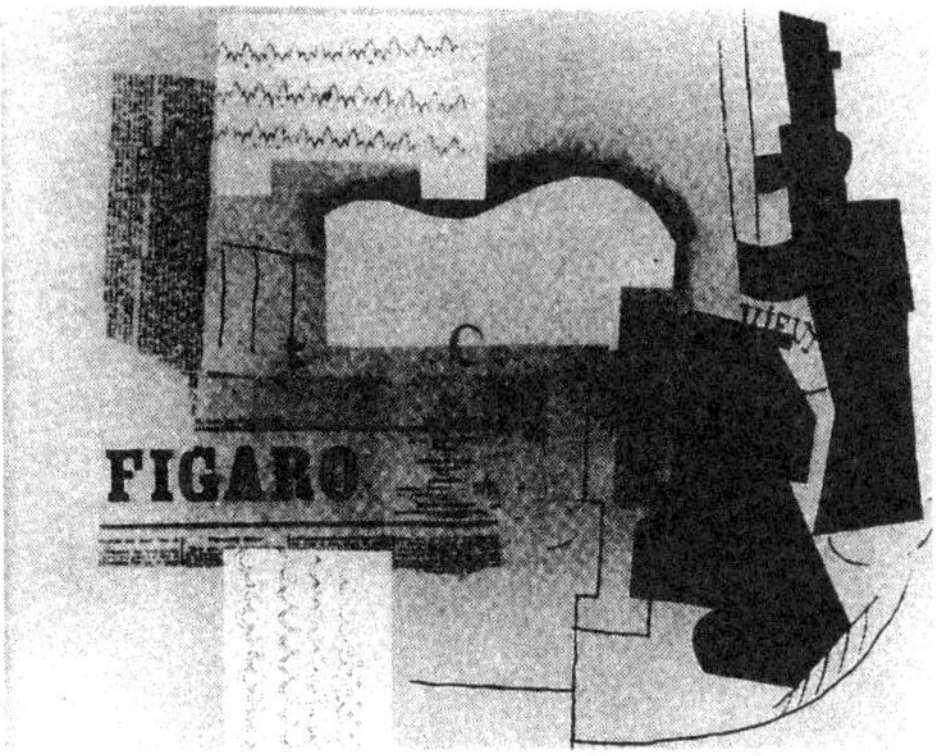

ピカソやブラックが実験した「アサンブラージュ」の手法（ピカソはこの絵では新聞を貼っている。）

Looking into the heart of light, the silence.
（「初めてヒアシンスを下さったのは一年前でしたわね。／みんな、私をヒアシンス娘と呼んだわ。」／——しかし僕たちが遅くなってヒアシンス畑から戻ったとき、／君が腕をいっぱいにして、髪は濡れていたので、／僕はものも言えず、目も見えなくなり、／生きているのでも死んでいるのでもなく、何も分からず、／光の核心、沈黙に見入っていた。）

「ヒアシンス」は豊穣祭祀において、復活した神の象徴であったが、性愛の象徴として考えてもよい。三七行目から四一行目の部分はワーグナーの『トリスタンとイゾルデ』の第一幕——神秘的な愛の認知の場面とつながりがあると言われる。聖杯伝説における決定的重要な段階では、聖杯の探求者が聖杯に遭遇して、しかも適切な問いかけをすることができず、そのため好機を逸するが、そうした場面と『トリスタンとイゾルデ』の場面が、この部分で混淆しているとする指摘もある。

最後の行にある「光の核心、沈黙」は一種の恍惚感の表現と解釈できるが、それが地上的なもの、性愛の象徴か、それとも霊的な象徴か、にわかには断定できない。一九三五年発表の「バーント・ノートン」にも全く同じ「光の核心」という句が見られるが、その場合は超時間的、霊的な永遠の現在を象徴していると考えられる。いずれにせよ、「私」や「君」がどういう人物を指すかは明瞭でない。

「マダム・ソソストリス」　次に、一七行にわたって、「有名な千里眼の持主」である「マダム・ソソストリス」という女が、タロット・カードで占いをする場面が描かれる。「ここにあるのは、あなたのカード、水死した〈フェニキアの水夫〉です……」（〈フェニキアの水夫〉は七八枚からなるカードの一枚）などと、占い師が言い、同時に括弧に囲まれた一行――シェイクスピアの『あらし』でエアリエルが歌う歌の一部「あれは彼の目であった真珠です」――が置かれている。エアリエルが歌うのは、実際は、「海の力による変化」（メタモーフォシス〔変容〕）によって、ファーディナンドの父、ナポリの王の「目」が「真珠」に変えられ、やがて、エアリエルの歌に導かれるようにして、ファーディナンドがミランダという女性との愛に到達することになる。しかし、エリオットが引用しているのは、エアリエルの歌のごく一部であって、だから、「水死した〈フェニキアの水夫〉」が変容によって復活するという暗示は見られない。問題の一行はアイロニックな挿入と考えられる。

この部分には、「岩の婦人、ベラドンナ」（ラテン語綴りで“beautiful lady”の意）という人物も出てきて、ダ・ヴィンチのモナ・リザとも、「岩窟のマドンナ」とも、社交界の花形女性とも考えられるこの婦人は、性的に不毛で、精神的復活が絶望視されている存在とも考えられる。同時に、「ベラドンナ」は「情況の婦人」(詩中のさまざまな「情況」にあるさまざまな「婦人」)ということになっていて、そのことは第三章「火の説教」(第二一八行)に出現する「ティレシアス」という不思議な人物に通い合うようである。

ところで、「マダム・ソソストリス」はウォルター・ペイター(一八三九〜九四)の名著『ルネッサンス』という、フィクション的性格の強い歴史とも称し得ない歴史の本に収められた「レオナルド・ダ・ヴィンチ」中の、「岩窟のマドンナ」が、モナ・リザに似ていて、「彼女がその間に坐っている岩よりも年老いている」とか、モナ・リザはいっさいの「思想と経験」を体現するといった発言を想い出させる。もしかして、エリオットは「千里眼」の持主であるこの女性を通じて、絶大な透視力の持主ダ・ヴィンチをあてこすっているのかも知れない。

ティレシアスの意味　先取りするようであるが、『荒地』全体で重要な働きをしている「ティレシアス」なる人物について説明すれば——ティレシアスはギリシアの伝説にあるテーベの預言者で、エリオットの自注では、両性具有で盲目のこの老人は、単なる観察者であり「登場人物《キャラクター》」ではなく(つまり、性格《キャラクター》を持たない)、それでいて、詩中の他のすべての人物を融合する存在だとある。したがって、詩中の「すべての女は一人の女であり」、すべての人物は溶解して他の人物になるのだ、とある。つまり、ティレシアスは四次元的存在であり、要するにエリオットの意識の別名

(または意識のメタファー)と考えてもよく、この老人は、時間・空間の区別もなく『荒地』に登場するすべての人物、そこで描かれ、また示唆されるすべての情況を創り出す詩的想像力の別名とさえ極言できるかも知れない。

都市は非現実　さて、次の部分へ移ろう——

Unreal City,
Under the brown fog of a winter dawn,
A crowd flowed over London Bridge, so many,
I had not thought death had undone so many.
Sighs, short and infrequent, were exhaled,
And each man fixed his eyes before his feet.
Flowed up the hill and down King William Street,
To where Saint Mary Woolnoth kept the hours
With a dead sound on the final stroke of nine.

(非現実の都市、/冬の夜明けの茶色の霧をくぐって、/群衆がロンドン・ブリッジを渡り流れた。何という大群だ、/死があれほど多くの人間をやっつけたとは思ったこともなかった。／溜息は、短く途切れがちに吐き出されて、／各自《めいめい》はじっと足下《あしもと》を見ていた。／丘を上りキング・ウィリアム街を下って行くと／聖メアリー・ウルノス教会が九時に鳴らす最後の／死んだ鐘の音が聞こえて。)

これもまた有名な一節である。六〇行目については、エリオットの自注で、ボードレールの詩「七人の老人」にある行を見よ、とある——「人の群がる都市、夢に満ちた都市、／そこでは白昼に幽霊が通行人の袖を引く」。エリオットは後年、この二行が自分にとってボードレールの「意味深さ」を要約していると言った。

「非現実の都市」は「幻の都市」であり、聖アウグスティヌス(三五四～四三〇)の「神の都《シティ・オヴ・ゴッド》」とは遠く離れた、現世的な二〇世紀の近代都市の無化されたヴィジョンである。六三—六四行は、これまた自注にあるように、『神曲』地獄篇(第三、四歌)から採った「群衆」のイメージと重なる——「その後からは長蛇の列となった群衆が従っていたが、その数は多かったので、死がかくも多くの人を滅《ほろぼ》したとは信じられないほどだった」、「そこ〔辺獄《リンボー》〕で聞こえるものは、永遠の大気をふるわせる溜息のほかに泣き声一つなかった。」(野上素一訳による) 溜息をついている人たちは、キリスト降臨以前に有徳ではあるが洗礼を受けない地上の生活をしたのであり、彼らは今、神を見たいと希いつつも、その希望は絶たれている。そうした状態が、引用部分の四行に意味を添えている。

なお、キング・ウィリアム街は、ロンドンの旧市部(金融・商業の中心地区)すなわち、シティー

『荒地』に出てくる聖メアリー・ウルノス教会

（the City of London）にある通りで、聖メアリー・ウルノス教会はこの通りにある。この教会は、殉教者聖マグナスの教会と同様、銀行員だったエリオットがよく知っていた。

また、最後の行について——エリオット自身は、九時の時鐘の最後のチャイムに、「死んだ」（鈍い）、ひらべったい（"dead"）響きをしばしば感じたと述べている。ところで、一九二〇年代のシティーで働く人にとって、午前九時は仕事の開始時間であった。このこととは別に、「死んだ」及び「最後」の二語について、それが九つ目の時刻に起こったキリストの死を暗示する、と考える批評家もいる——九つ目の時は、夜が明けてから「九つ目の時《アワー》」すなわちおよそ午後三時ではあるが。そう考えるのは、一種のジョークとして面白い。

引用は省くが、この章の最後の八行では、紀元前二六〇年のポエニ戦争（ローマがカルタゴを破った）のマイレーの戦いのときに、「私」が同じ船に乗っていたという「ステットスン」という人物に語る部分があり、その部分は、一七世紀のイギリスの劇作家ジョン・ウェブスターや旧約聖書を利用しながら、地中に埋められた死体の復活の可能性がないことを示唆する。そして、最終行は、ボードレールの詩集『悪の華』の序詩、「読者に」の最終行である——'You! hypocrite lecteur!

—mon semblable, —mon frère!'(君よ! 偽善的読者!——僕の同類——僕の兄弟よ!」)つまり、「偽善的読者」「僕の同類」「僕の兄弟」は、ボードレールが『悪の華』で描く都市の倦怠《アンニュイ》の世界に作者エリオットと共に関わっているという暗示である。ボードレールのように、エリオットも深い精神的《スピリチュアル》な不満にまで達しているアンニュイの罪を自覚していることを示唆するのであろう。

第一章「死者の埋葬」についてともかく書き終えようとして、私には冒頭の「四月は一番残酷な月だ」が一段と意味の拡がりを帯びてくるように思われる。

第二章　「チェス」(A Game of Chess)

欲望とその不毛

原題は、一七世紀に出版された、トマス・ミドルトンが描いた犯罪と流血の暗い悲劇(*Women Beware Women*)にちなんだものである。(直接に「チェス」に言及しているのは一三七行目である。)この劇では、好色家の公爵が若い人妻ビアンカを誘惑するが、ビアンカの義母はチェスに夢中になっていて、そのことに気づかない。性的欲望とその不毛性を現代的背景で映し出すのが、エリオットのこの第二章の要点と言えるだろう。

冒頭は有閑階級の女性の居室内の描写で始まる——

　The Chair she sat in, like a burnished throne,
Glowed on the marble, where the glass

Held up by standards wrought with fruited vines
From which a golden Cupidon peeped out
(Another hid his eyes behind his wing)
Doubled the flames of sevenbranched candelabra
Reflecting light upon the table as
The glitter of her jewels rose to meet it,
From satin cases poured in rich profusion.

（彼女が坐った椅子は、磨かれた玉座のように／大理石の床の上で輝いた——そこでは、／葡《ぶ》萄《どう》の実った蔓を彫った脚に支えられて、／蔓から黄金のキューピッドを覗かせている姿見が／（もう一体のキューピッドは目を翼で隠している）／七本の枝を持つ燭台で光を卓上に映し出し、／燃えさかる炎を二重にすると、／繻子《しゅす》の小箱から豊かに溢れ出た／彼女の宝石の煌《きらめ》きが立ち昇り、光と出会った。）

クレオパトラとディド　この豪奢で幾分頽廃的な室内描写は、自注によれば、シェイクスピアの『アントニーとクレオパトラ』二幕二場へのあてこすりである。この場面でエノバーバスは、クレオパトラが「身を横たえた小舟は、磨きあげた玉座さながら燃ゆるが如く水面に浮かんで」と描写し、アントニーと初めて出会うところを説明する。

「チェス」のこの引用部分では、第一章に出ている「ベラドンナ」の変貌したものでもある上流婦人の坐っている椅子を支える脚には、性愛の媒介者キューピッドが装飾として彫られている。また、少し読み進むと、女性の「異様な合成香料」が窓から入る風に煽られて、天井の「格間《ごうま》」へ昇ってゆくという描写があるが（八一〜九三行）、これは『アエネーイス』から採ったと、エリオットの自注にある。ウェルギリウスの叙事詩のこの部分は、トロイの勇士でローマの建設者となったヒーロー、アイネアースが、カルタゴ（アフリカ北岸、今のテュニス付近にあった古代フェニキア人の都市国家でローマ軍に滅ぼされた）の女王ディドに歓待された部屋の描写である。ヴィーナスはキューピッドに命じて、ディドがアイネアースを恋するように仕向けるが、アイネアースは神の命令によって彼女から去り、ディドは悲しみのあまり自殺する。実を結ばなかった愛は、クレオパトラの場合と共通するのである。

さらに、エリオットは、「野蛮な王にあれほど手荒に凌辱された／フィロメラの化身」を描いた絵に言及する（九九〜一〇〇行）。これはオウィディウスの『変身譚』から採ったもの。オウィディウス版の、フィロメラに関わるギリシア神話では、トラキア（バルカン半島の北東に位置し後にローマ領になった国）の王テレウスは妻プロクネの妹フィロメラを凌辱し、その舌を切って自分の悪事が露顕するのを防ごうとしたが、やがてフィロメラはナイチンゲールに変身し、プロクネは燕に変身したことになっている。エリオットは『荒地』で、現代でもこのナイチンゲールが「汚れた耳に〈ジャッ　ジャッ〉」と鳴き続けていると、示唆する。

精神的断絶の断片　次に、一一一行目から一二三行目までの部分には、D・H・ロレンスが『ダイアル』誌（一九二二年五月〜八月）に発表した短篇小説「狐」のある場面と非常に似た、神経症、精神的荒廃、死などを暗示するような断片的会話が提示されているが、男と女の間にかわされていると推測するしかない言葉の断片は、一一〇行目までの凝った文学的スタイルの部分とは全く対照的である——

111 'My nerves are bad to-night. Yes, bad. Stay with me.
Speak to me. Why do you never speak. Speak.
　What are you thinking of? What thinking? What?
I never know what you are thinking. Think.'

　I think we are in rats' alley
Where the dead men lost their bones.

　'What is that noise?'
　　　　　　　　The wind under the door.
'What is that noise now? What is the wind doing?'

Nothing again nothing.　'Do
'You know nothing? Do you see nothing? Do you remember
Nothing?'

（「今夜は私、神経が変なのよ。ええ、変なのよ。一緒に居てね。／何か言ってよ。どうして何も言わないの。言って／何考えてるの？　何考える？　何？／何考えてるのか分からないわ。考えて。」／／僕らはネズミの露地にいると思うよ／死人が骨を失くしたところに、ね。／／「あの音は何？」／ドアの下を吹く風だよ。／「今のは何の音？　風は何してるの？」／何も、今度も何もしていないさ。／「あなたは何も知らない？　何も見えないの？　何も憶えていないの？」）

また、ここには――一一七行目から引用を省いた一二六行目まで――ジョン・ウェブスター（一五八〇？～一六二五？）の劇『白い悪魔』の一節が脳裡にあって書いた、とエリオット自身が後年語っている。と同時に、内的独白と考えてもよいこの部分は、『荒地』創作当時のエリオットとヴィヴィエンの結婚生活における精神的破綻、精神的コミュニケイションの断絶が透けて見えると考えてもよいだろう。（"What shall I do now? What shall I do?／I shall rush out as I am, and walk the street／With my hair down, so ...")

また、追加しておけば——一二八行目から二行にわたって、"O O O O that Shakespeherian Rag — /It's so elegant/So intelligent"（「おお　おお　おお　あのシェイクスピヒーアばりのジャズ——なんて優雅な／なんて知的な」）とあるが、これらの行は一九一二年にアメリカでヒットしたラグタイムの曲を、シンコペイションの多いリズムに合わせてもじっている。"Rag" は元来 ragged time（ぼろくそ拍子）の意味であるという。そうすると、一二六行目までの部分がまさに「ぼろ切れ」のような不揃い《ラゲット》なリズム、詩行の散乱になっていることに思い到る。

次は、一三九行目から第二章の終わり（一七二行目）までの部分で、ここには、冒頭の有閑マダムの描写とは対照的に、第一次大戦後の下層階級の人たちが、居酒屋《パブ》を背景にして、スラングをまじえた口語体の英語で描写される。扱われている人物は、三一歳で五人の子持ちのリルという女である。流産が話題になり、次いで最終行は『ハムレット』でオフィーリアが水死する場面のパロディーになっている——"Good night, ladies, good night, sweet ladies, good night, good night."

第三章「火の説教」(The Fire Sermon)

汚れたテムズ河　表題の「火の説教」は、エリオットの自注によれば、重要性においてキリストの「山上の垂訓」に匹敵する仏陀がガヤーシー山で行った「火の説教」を指す。貪欲、怒り、妬《ねた》み、その他の情熱である「火」から脱却して真の悟りに達することの必要を説いたもの。この章では欲望のさまざまな相をさまざまな時間と空間において点描し、救済と復活の可能性を探っている。

最初の一四行を引用すれば——

The river's tent is broken; the last fingers of leaf
Clutch and sink into the wet bank. The wind
Crosses the brown land, unheard. The nymphs are departed.
Sweet Thames, run softly, till I end my song.
The river bears no empty bottles, sandwich papers,
Silk handkerchiefs, cardboard boxes, cigarette ends
Or other testimony of summer nights. The nymphs are departed.
And their friends, the loitering heirs of City directors;
Departed, have left no addresses.
By the waters of Leman I sat down and wept ...
Sweet Thames, run softly till I end my song,
Sweet Thames, run softly, for I speak not loud or long.
But at my back in a cold blast I hear
The rattle of the bones, and chuckle spread from ear to ear.

(河のテントは取り去られている。最後の葉の指は／しがみつき、湿った土手に沈んで行く。／風は褐色の土地を渡るが、誰にも聞こえない。妖精たちは立ち去った。／麗わしのテムズよ、静かに流れよ、わが歌の果つるまで。／河はもう運ばない——空き瓶、サンドウィッチの包み紙、／絹のハンカチ、ボール箱、タバコの吸い殻、／その他、夏の夜を偲ばせるものを。妖精たちは立ち去った。／そして、彼女たちの友達、シティーの重役連の息子たちも。／宛名も残さずに立ち去った。／われ、レマン湖の水辺に座して涙流しぬ・・・／麗わしのテムズよ、静かに流れよ、われ声高にまた長く語ることもなければ。／だが私の背後から冷たい突風に乗って聞こえてくるのは／骨たちのカサカサぶつかり合う音、耳から耳へ拡がる含み笑いだ。)

「河のテントは……」という部分は、テムズ河に影を落としていた夏の樹々の葉が、冬の始まりと共に枯れ落ちて、「妖精たち」や、その一時《ひととき》の恋人たち（金融街《シティー》の重役連の息子たち）をかくまっていた覆いが取り去られた、という意味——現代的情景——を暗示するが、同時に、「テント」には、旧約聖書にある神の幕屋《タバナクル》、移動神殿（イスラエルの放浪の民が用いたもの）の含意もある。旧約聖書「イザヤ書」（第三三章）では、「河」は、神が選ばれし民《たみ》に与える力と安全のイメージとして「テント」に結びつけられている。したがって、現在における愛の不毛と神の不在がモチーフとなっていると考えられるだろう。

「妖精たち」は夏の夜のガールフレンドであるが、それにエドマンド・スペンサー（一五五二〜九九）の詩、「結婚前祝いの歌」に出てくる河の妖精たちが重ねられている。「麗わしのテムズよ……」は「結婚前祝いの歌」でリフレインとして用いられている。一六世紀の牧歌的なテムズ河と二〇世紀の汚れたテムズ河――夏の間、「空き瓶、サンドウィッチの包み紙」、その他を浮かべていた河――が並置されて、アイロニカルな効果をあげている。

一八二行目は旧約聖書「詩篇」（第一三七篇）のパロディーである（「われらはバビロンの川のほとりにすわり／シオンを思い出して涙流しぬ」）。イスラエル人がバビロン（イラクのユーフラテス川に沿ったバビロニアの古都）に捕えられていたとき、故郷を想って嘆き悲しむのだが、『荒地』の語り手もまた、死の国で捕囚の身となっているのである。

「レマン湖」はジュネーブ湖とも言い（「レマン」はフランス語）、エリオットが『荒地』を執筆しながら精神治療を受けたローザンヌは、このレマン湖のほとりにある。また「レマン」(leman) は、今では使われなくなった意味で「愛人」や「情婦」であり、したがって「レマン湖の水」は情欲という火と結びつくと解釈するのも可能であろう。

詩的技巧

一八五行目の「だが私の背後から……」は、アンドルー・マーヴェルの「はにかむ恋人へ」のパロディーである。マーヴェルの詩では、時間さえ無限にあるものならば、幾百千年かけて君の美しさの一つ一つを讃えんものを、と歌った後で、次のように劇的転回をするのである——「だが私の背後にいつも聞こえるのは／翼ある〈時間〉の馬車の急ぎ近寄る音なのだ……」エリオットの場合、“But”という接続詞が劇的効果をあげているのは、その前の二行が比較的静かな、ゆるやかな韻律になっているからである（“softly”の反復、“song”“long”などの音がこの韻律に寄与する）。

引用部分の最後の行は、枯渇や死を示唆し、また「含み笑い」は、おそらく死者たちの自嘲的響きを暗示するのであろう。

続いて、運河で釣り糸を垂れている詩の主人公が読者に漁夫王のイメージを想起させる一節があり、神話にある猟師アクティーオンと女神ダイアナの関係を示唆する部分が置かれ、この部分が再びフィロメラ伝説へと引き継がれて、さらに、「非現実の都市」の住人であるスミルナ（トルコ西部のエーゲ海に臨む都市イズミルの旧名で、一九一九〜二二年にギリシアとの間でこの港市の所有をめぐって新聞が書きたてた。）の商人のエピソード（同性愛の示唆を含む）が綴られ、不動産屋で働くニキビ面の現代青年の性的欲望の場面が提示される。この場面のテーマは、次に描写されているテムズ河のタールによる汚染へと続く。この現代的テムズ河は、かつてエリザベス女王（一五三三〜一六〇三）と彼女の寵臣レスター伯が舟遊びをしたテムズ河に重なるように描写される（女王と伯爵のエピソードも不毛な愛の一例）。

そして、この第三章の終わりには、聖アウグスティヌスの『告白』を利用した、「それから私はカルタゴへ来た」という行があるが、これは若い頃のアウグスティヌスが色欲に悩まされたことへの言及である。そして、“Burning burning burning burning”という行は、アウグスティヌスの欲望の炎と仏陀の「火の説教」を暗示する。しかし、欲望の火が鎮められる可能性が確認されぬまま、最終一行は"burning"という進行形の動詞で（ピリオドもなく）放置される。

第四章「水死」(Death by Water)

輪廻転生の世界

この章は最も短く、わずか一〇行である。フェニキアのフレバスという人物が水死して、仏教を想わせるような輪廻の世界に入って行くことが暗示されているようでもある。このことは、第一章にあったマダム・ソソストリスの預言が的中したことを示唆するだろうし、『荒地』のエピグラフにあったクマエの巫女の言葉を響かせてもいるだろう。また、水死したフレバスは、豊穣祭祀に即して考えれば、豊穣を祈願して流されて七日後にビブロス（今日のベイルートの北二十六マイルの港町、ゲベイル）で拾い上げられたというアドーニスのように、死から復活へと果たして転化するかどうか、エリオットは明確に述べてはいない。

「水死」の章は、エリオットが『荒地』以前にフランス語で書いた「レストランにて」（一九二〇年）をもとにしているが、「レストランにて」では、好色な老給仕と「私」の対話が追想形式で綴られている。また、フレバスという名前は、プラトン（紀元前四二七？〜三四七？）の快楽に関する対話、「フィレバス」から由来するのではないか、と示唆する学者もいる。

第五章「雷の言ったこと」(What the Thunder Said)

この最終章の第一部（三二二～三九四行）に関しては、エリオット自身が三つのテーマがあると述べている。一つは、「ルカ伝」（二四章一三～三一節）にあるキリストの二人の弟子がキリスト復活の日にエマオ村へ旅する話である。キリストは弟子たちの旅に加わるが、二人にはそうとは気づかれず、やがて二人の夕食を祝福する――その間、弟子たちはキリスト磔殺の怖ろしい話をする。

第二のテーマは、第一のテーマと部分的に重なるが、聖杯伝説における最終段階で騎士が「危険な礼拝堂」に辿り着いて、虚無の幻想によって試される。第三のテーマは現代における東欧の衰退である。

第二部では、聖なる河「ガンガ」（ガンジス河）の水位が落ち、ぐんにゃりした葉が雨を待っていることが語られる。そして、「ジャングル」はまるで動物のように「黙して背をまるめて蹲《うずくま》った」が、「そのとき、雷は語った／ダー／ダッタ――私たちは何を施しただろうか」と。（表題はここに由来する。）

ここで、エリオットは紀元前五百年以前のインドの聖典『ブリハッド・アーラヌヤカ・ウパニシャッド』中の雷の伝説を利用している。この聖典では、神々、人間、悪魔（阿修羅）がそれぞれ、世界の創造主（プラジャー・パティ）に対して、「語る」ようにと求めると、創造主は、それぞれの求めに対して「ダー」（DA）と答え、それぞれが「ダー」を違ったように解釈する――「ダームヤタ」（制御せよ）、「ダッタ」（施せ）、「ダヤドヴァム」（憐め）のように。そして、この三語の冒頭にある「ダー」を、「雷」（創造主の声）が三回復唱する。

エリオットはサンスクリットの三語の順序をおそらく故意に破っているのであろうが「ダー／ダッタ」と書いている。「ダー」それ自体には意味はないようであるが、三語を導入するための音として、また、雷が鳴り出すときの擬声語として使っているのであろう。

ともかく、この章では「ダッタ」という答えに対して、「私たちは何を施した（与えた）だろうか」という問いが提出され、“My friend, blood shaking my heart”（「友よ、血が私の心を顫わせ」）という句が出ている。これは性的欲望に身をまかせる（わが身を「与える」）ことの一瞬の恐ろしさを暗示するものと受け取ることが可能である。

次に、「ダヤドヴァム」という答えに対して、死の国（現世）に住む人間たちが共感（「ダヤドヴァム」の意味の一つ）を妨げる壁にそれぞれ幽閉されていることを、ダンテの「地獄篇」への言及によって示唆する――また、愛の躓きによって自我の牢獄に籠り、祖国と国民を裏切ったシェイクスピアの人物コリオレイナスが「共感」を欠いていたことを暗示する。（と同時に、この一節には、コリオレイナスのような人物に憐みをかけることの必要が隠されている、と解釈することも可能である。）

第三に、「ダームヤタ」という答えに対して、第一章にあった『トリスタンとイゾルデ』中の航海に関する歌を利用しながら、船の操縦（自己制御）が歌われている。しかし、雷の三つの言葉の意味が成就されないまま、『荒地』は幕を落とされる。この終わりの部分には、不毛で乾いた陸を背にして釣り糸を垂れながら、自国の秩序回復が可能であろうかと自問する漁夫王の声や、童謡で有名な「ロンドン・ブリッジは落ちてゆく落ちてゆく落ちてゆく」や、ダンテの声、その他が発せられて、結びの一行は「シャンティ　シャンティ　シャンティ」（"Shantih shantih shantih"）となっている――ピリオドのないままに三語が示された形で。この三語にも、エリオットは自注を施している――「あるウパニシャッド〔奥義書〕の正式な結びである。意味はほぼ『理解を超えた〈平和〉』である」。

さまざまな声

以上、駆け足で『荒地』を扱ってきたが、ここで問題になることの一つは、神話、聖書、古典的・現代的文学から童謡に到るまでのさまざまな、ときに変形を伴った、引用が多く、そうした引用で用いられる際の、「私」が発する荘重な声、劇的な声、抒情的な声、下層階級の人物の声等々をどう受け取るか、という点である。一人称の「私」のさまざまな声を、スペンダーのように二種類に分けて考えると、かなり整理できそうである。スペンダーは、この作品中の生きている人間の声は「表面的な声」で、それは「預言的または証人としての声」と対照的であり、前者の声は「外側から眺められた人たちの三人称の声」である、と述べている。

たとえば、「今夜は私、神経が変なのよ……」のような、この作品中の現在の人間の声は、「文明の状態の結果である態度の反射、神経病の徴候」であって、それは個性的（個人的）な声であり、それに対して、一段と深い古典的な、古代からの声、または預言的な声は非個人的、非個性的な声である、とスペンダーは考える。そして、この預言的な声は、過去の人物、ティレシアスへと投射され、この人物の意識は未来に関して過去から聞こえてくる預言の声であるだけでなく、詩中のさまざまな声をも包含する、とも述べている。そのようなさまざまな声はメドレーになっていないが、要するにティレシアスすなわち詩人エリオットの声、いや、詩人エリオットのメタファーであるティレシアスの声であると考えればよいだろう――私は、この作品の表面が断片的な声の寄せ集めになっていると考える人のいることを承知しているし、そのような考えに賛成しながらも、今ではやはり、個人的・非個人的な「荒地」を強烈に意識している詩人エリオットの声として統一されていると考えたい。

『荒地』をどう受け取ったか

『荒地』が第一次大戦後のヨーロッパ文明の崩壊を暗示していると受け取った若い敏感な詩人たちがいた。たとえばジョン・コーンフォード（一九一五〜三六）という才能に恵まれた詩人は、一九三六年、二一歳のときにこの詩を読んで英国共産党に入党し、フランコ側に反対してスペイン市民戦争へ赴いて戦死した。

エリオットは後に、この作品が「個人的不満のつぶやき」であって、ヨーロッパ文明の崩壊を綴った作品ではないと言明したけれども、キリスト教という中心がもはや保てなくなった時代の退廃と崩壊、再生の望みの絶たれた状態を示唆していると受け取れる余地が十分にあることは、今でもその通りだと言えるだろう。と同時に、この詩の表面下に、当時金銭的不如意の状態にあり、ヴィヴィエンとの結婚生活が破綻しかけていて、神経衰弱にあったエリオットが、この詩の大半の部分で、私的な、内面的な声を、古典から文化人類学、現代の小説に到るまでの実に多様多彩な権威ある断片へと投射して、そうした断片を学識と批評意識に裏打ちされた詩人エリオットの断片的声やイメージへとふくらませている、と解釈するのが当を得ているのであろう。

私生活で悩んでいたエリオットの中には、その悩みを、受身の状態で冷静に観察するもう一人のエリオットが棲んでいて、後者のエリオット（批評的精神の旺盛な詩人エリオット）が、この作品で私的エリオットをほとんど完全に変容させているのである――シェイクスピアのエアリエルが歌ったように――豊かで不思議な何かへと。

現代小説の頂点の一つを形成しているジョイスの『ユリシーズ』はホメロスの『オデュッセイア』を一つのシステムとして利用し、レオポルド・ブルームとステーヴン・ディーダラスという人物に、現代のダブリンの物語においてホメロスの作品中のエピソードを次々と辿らせるが、エリオットの場合は、ティレシアスという人物を導入することによって、ジョイスの「科学的」発明（神話的システムの導入）を発展・拡大させており、ティレシアスは自分の過去性の中に閉じ籠められながらも後の時代に起こる事柄を視る、とスペンダーは述べているが、その通りであろう。

時間の空間化

『荒地』のさまざまな声は「荒地」的テーマの中心から放射されているが、それらの声が元来属していた過去の、神話にさえ含まれていた多くの時間もまた、線的に過去から現在へと流れているのではなく、それらの時間（預言的な未来の時間も含む）はエリオットの意識という同一面に集められている、つまり時間の空間化が行われていると考えることもできる。

時間の空間化ということで思い出すのは、フランスの作家・政治家アンドレ・マルロー(一九〇一〜七六)の称した「想像上の美術館」である。この美術館は、要するに、現代人が居ながらにしてたとえばルネッサンス期の美術品とアメリカのポップアートの作品を同時に想い描くことができるという、二〇世紀の文明の一事態である。過去を過去性において見るのではなく、現在と――ときに未来と――並置して眺める、同一平面上で眺めるということに他ならない。エリオットの顕在化した時間論はしかし、『四つの四重奏』において複雑かつ精緻な形で述べられることになる。

また、エリオットはアインシュタインの時間の相対性について何がしかの知識を持っていたのかも知れないが、ともかく、ティレシアスつまり意識している複雑で感受性の強い詩人エリオットの分身は、過去に属しながらも、その意識の内側で現代の人物たちと時間を共有していると思われる場合が多いのである。

エリオットがこの作品で示唆していると解してもよい時間観について、スペンダーはこう述べている――「アインシュタインとの類似にも増して納得のゆく類似は、フロイトとの間にある。フロイトの理論の一部は、個人は成長するにつれて、自身の人生において文明のすべての発展段階を通過する、というものである。もしそうなら、完全に意識している、抑圧されざる個人は、文明のすべての発展段階をミニチュアの形で自分の心に保存するだろう、ということになる。個人の意識の一部は、ティレシアスという人物によって象徴される意識ということになるだろう。」

ヘミングウェイの小説、たとえば『日はまた昇る』の主人公にとって、ヨーロッパの過去の伝統的精神文化は唾棄すべきものと映っていたが、エリオットの『荒地』のナレイターにとって――当時狂気の淵にあったエリオットにとっては――過去のヨーロッパ文明は、生き生きとした意識の中に現存している程度に生き延びていた、と言えるだろう。そのような意識から放たれる声、つまり『荒地』の中のさまざまな人物を統合する声――それらの声の次元を超えた声、詩に実現されてていてなお直接耳に響かない声が、『荒地』の基本的な声であると言えるかも知れない。エリオットがパウンドによる削除の大半に同意して、『荒地』発表に踏み切ったとき、私が述べたような事柄を意識していたかどうかは別にして、さまざまな人物の声が個人的・私的な不満の声と谺し合うものを持っていたことを認識したであろうことは疑いを容《い》れないのではないだろうか。

三、『四つの四重奏』(*Four Quartets*)

精神性が深まった作品

『四つの四重奏』はエリオットが四七歳から五四歳の間に書いた長篇詩で、作者自身が最大の業績と考えただけでなく、多くの批評家も同意見である。と言っても、この作品のすべての詩行がすばらしい韻文になっているというのではなく、事実、読者に直接呼びかけている部分には、平板な韻文も含まれている。そもそも、エリオットは長篇詩をばらつきのない質を示しながら持続させる詩的エネルギーに恵まれていなかったと言えるだろう。

『四つの四重奏』は、精神的探求というテーマでは一九三〇年の『聖灰水曜日』の延長線上にあるが、このテーマは、『荒地』にも時折見え隠れしていたものである。しかし、『聖灰水曜日』や『荒地』と違うのは、『四つの四重奏』では抽象的・哲学的な瞑想の新しい調子が聞かれるという点である。また、『荒地』と違うもう一つの点は、英語以外の国語の使用や晦渋なあてこすりも少なく、学識がなければ解釈に困るような衒も比較的少なく、表面的にはずっと単純な言葉から作られていることである。『荒地』を読んで興奮を味わった若い詩人の多くが、その後この作品に同様な刺激を感じただろうとはちょっと想像しにくいような、成熟した権威ある詩人がじっくりと主題に取り組んでいるといった風に感じられる。この作品は伝統的な英詩の韻律を存分に利用していて、不協和音の少ない四重奏曲との類似を思わせる。と同時に、精神的・宗教的な深い内容を響かせていて、二〇世紀英詩の傑作となっていることに疑いを挟むことは難しい。たとえばアメリカの神学者ラインホールド・ニーバー（一八九二〜一九七一）はこの詩を敬虔な気持で定期的に読んだと言われる。『四つの四重奏』はベートーヴェンの後期の四重奏曲かバルトークの四重奏曲を念頭に置いて書かれたのではないか、と推測する人もいるが、ベートーヴェンの音楽が与える効果を、言葉の芸術であるこの作品で出そうとしたのではなく、『四つの四重奏』を構成するいくつかの部分に四重奏曲の形式を当てはめようとしたのである。

この作品のそれぞれの四重奏には、五つの楽章に相当する部分がある。第一楽章は、スペンダーの言葉を利用するなら「導入と陳述」であり、そこでは時間の運動と永遠の瞬間が扱われている。第二楽章は、抒情詩に似たいわばメヌエットで、第一楽章のテーマの超越があり、続いて瞑想の詩行が現れる。第三楽章は、精神的探求を旅または巡礼の比喩で例証している。第四楽章は抒情詩であり、第五楽章は、先行する楽章全体を要約し、第一楽章冒頭のテーマへと回帰する

このように音楽との類似での『四つの四重奏』の構造を考えることが一応可能であると言っても、エリオットの場合、各楽章の詩的表現が見事な均衡を保ってこの作品を完璧な全体性にまで高めているかどうかには、異論があることも付け加えておきたい。いずれにしても、この大作の中心的なテーマとも称すべきものが、時間と永遠性をめぐるものであることに変わりはない。

苦労して書いた四重奏

本書では最後の四重奏「リトル・ギディング」(一九四二)を主に扱うことにしたい。この四重奏は他の四重奏に較べて一番多く草稿が残っており、一番苦労した作品であるようだ。

リトル・ギディングの礼拝堂

リトル・ギディングは、一九七四年にケンブリッジシャーの一部となったイングランド中東部のもとハンティンドンシャーにある土地の名前で、一六二五年に英国国教の小さなユートピア的社会が創設された場所である。この地のかつては有名であった宗教集団は、ニコラス・フェラーとその家族が基礎を築き、ピューリタン革命でクロムウェルに処刑されることになったチャールズ一世が、一六四五年まで三度も訪れている。この宗教集団は、一六四七年に議会によって解散され、礼拝堂は破壊されたが、後に再建された。エリオットがここを一九三六年五月に一度だけ訪れたときは、廃墟と化していたが、現在は復興されているという。

「リトル・ギディング」の第一部では、ジョン・ダンの詩の表題の一部にもなっている聖ルチアの祝日、旧暦では一年で最も短い日とされる一二月一三日の、リトル・ギディングとそこへ続く道が描写されるが、冒頭は、真冬に陽が差す短い一日についての瞑想から始まり、真冬が独自の悠久の春でもあるという、想像力によって捉えられた時間の観念が導入され、真冬のさなかの春の一時《ひととき》が比喩ともなって、人間の魂の状態とどういう関係を持つか、ということが問題にされる。

Midwinter spring is its own season
Sempiternal though sodden towards sundown,
Suspended in time, between pole and tropic.
When the short day is brightest, with frost and fire,
The brief sun flames the ice, on pond and ditches,
In windless cold that is the heart's heat,
Reflecting in a watery mirror
A glare that is blindness in the early afternoon.
And glow more intense than blaze of branch, or brazier,
Stirs the dumb spirit: no wind, but pentecostal fire
In the dark time of the year. Between melting and freezing
The soul's sap quivers. There is no earth smell
Or smell of living thing. This is the spring time
But not in time's covenant. Now the hedgerow
Is blanched for an hour with transitory blossom

Of snow, a bloom more sudden
Than that of summer, neither budding nor fading,
Not in the scheme of generation.
Where is the summer, the unimaginable
Zero summer?

真冬の春は独自の季節だ、
日没近くに濡れそぼちはしても久遠《くおん》の時間、
時間の中で宙に懸かり、北極と熱帯の間に在る。
短い一日が霜と火で輝きのかぎりを示すとき、
束の間の太陽は、心の熱である無風の寒さの中で
池と溝の面《おもて》に氷を燃え上がらせ、
午下《ひる》がりに、盲目そのものの眩ゆい光を
水の鏡に照り返す。
そして、木の枝や火鉢の炎にもまして烈《はげ》しい輝きが
黙した精神を掻き立てる。風はないが、
この暗い季節に六月の聖霊降臨祭《ペンテコステ》の火がゆらめくのだ。

融ける時と凍る時の間に魂の樹液は顫え動く。
土の匂いも生きものの匂いもない。今こそ春なのだ
だがそれは時の約束ごとにはない春。今こそ
生垣は移ろう雪の花で一時《ひととき》白を装う、
それは夏の花よりも俄《にわか》に開く花
蕾《つぼみ》することも凋《しぼ》むこともなく
生成の仕組みにない花。
夏はどこにあるのか、想像し得ぬ
無時間《ぜロ》の夏は？

（原文二行目の冒頭にある“Sempiternal”は、文語、古語でeternal（永遠の）と韻を踏むだけでなく同義であるが、エリオットは第三行までの間で“s”音で始まる語を多用したかったのであろう。他にはこれといって難しい語はない。）

無時間の夏

引用した部分には、表面的にはパラドクシカルな言葉が多いことに気づく。エリオットは真冬の寒さ、霜、雪、凍結などに、それと対蹠的な気候の相を重ねて透視しているが、それはエミリー・ディキンスン（一八三〇〜八六）が初冬の小春日和（インディアン・サマー）を歌

った小品を私に思い出させる。ディキンスンは「今は鳥たちが戻ってくる日々」という作品で、ニューイングランドのインディアン・サマーを「六月の古い詭弁」だと言いながら、詩の後半で「夏の日々の秘蹟《サクラメント》」を求めているが、エリオットは季節としての夏を超えた「無時間《ゼロ》の夏」つまり、地上のあらゆる瞬間の底に潜みつつ啓示されることを待っている超越的・宗教的な永遠を求めるのである。

「無時間《ゼロ》の夏」の出現は、しかし、引用部分を振り返ってみるとき、すでに冒頭に暗示的に用意されていると考えることもできる。それは「宙に懸かった」時間から生ずるものであり、後に出てくる「肉感的な芳香」を放つ春とは異なって、詩人が現実の冬のさなかに想像した春という、時間の異次元(幻想)に萌え出るヴィジョンである。(読者はここで、初期の詩、「プルーフロック」に感じられた薄明の時間を思い起こすかも知れない。エリオットは中間的な時間を好んだようである。)

引用した部分は、「真冬の春」からぎらぎら光る夏の光へと移行するが、早くも「盲目そのものの眩ゆい光」(第八行)が「無時間《ゼロ》の夏」という句を用意している、と考えることができるだろう。ところで、一〇行目の“no wind, but pentecostal fire”にある「聖霊降臨祭(五旬節)」については、それが新約聖書「使徒行伝」第二章に由来していることを記しておきたい——「五旬節の日がきて……突然、激しい風が吹いてきたような音が天から起《おこ》ってきて……また、舌のようなものが、炎のように分かれて現れ……」

万物流転の思想

ここで、順序が逆になるけれども『四重奏』全体の前に掲げられているエピグラフについて述べておきたい。それはソクラテス以前のギリシアの哲学者ヘラクレイトスの断片的言葉で、その一つは「ロゴスは万人共通のものではあるけれども、たいていの人間は知恵について自分だけの料簡を持っているようにして生きている」であり、もう一つは「上への道も下への道も一つで同じものだ」である。前者のエピグラフにある「ロゴス」は「理性」であるだけでなく、流転する万物の「根本原理」「理法」の意味があり、また「ヨハネ伝」にある「神の言葉《ロゴス》（the Word）」の意味にもなる。

後者のエピグラフは、理法や真理に到る道が一つの方向にあるのではなく、ポジティヴな道（「上への道」）もあれば、それと表裏一体をなすネガティヴな道（「下への道」）もあって、パラドクシカルなものであることを暗示している。ヘクラクレイトスは世界を構成する四大要素（元素）の運動について、地が水に変わり、水が風（空気）に変わり、風が火に変わるプロセス（「上への道」）と同様に、火→風→水→地へと変わるプロセス（「下への道」）もまた、万物（世界）の流動の実相であると考えた。エリオットは四つの四重奏をそれぞれ順に風、地、水、火によって象徴させようと考えていた。（ヘラクレイトスの言葉にふれたついでに言えば、彼は「人は同じ河に二度と足を踏み入れることはできない」と述べたが、ソクラテス以前のもう一人の哲学者パルメニデスは「何一つ変わらない」と、正反対の考えを述べていて面白い。）

エリオットの意味深いパラドックスが「リトル・ギディング」の冒頭に出ていることについては

ふれたが、彼はこの長詩を書くに際して初めてこのようなパラドックスを用いたのではない。一〇歳のとき、ある雑誌に「ミス・エンド」(Miss End)と「ミスター・フロント」(Mr Front(古語では「始まり」の意味あり))の結婚を祝っているし、同じ頃に彼が編集した小さな雑誌には "Mr Up" と "Miss Down" が駈け落ちすることが書かれているという。また、一九一七年の詩集に収められた「ある婦人の肖像」には、「しかし僕らの始まりは僕らの終わりを決して知らないのだ！」といった行が見られる。(「終わり《エンド》」は「目的《エンド》」の意味と切り離せない。)このように、エリオットは物事を一見して矛盾する関係で捉えることが好きだったようである。

死者とのコミュニオン

第一部(楽章)の第二セクションでは、「でこぼこの道路から分かれて／豚小屋の裏手にまわり、教会の色褪せた正面と／墓石に辿り着く」ことが述べられているが——「墓石」はこの教会の前に立っているフェラーの墓石である——その教会は、そこへ辿り着く「目的」が成就されるまでは「抜け殻にすぎない」と。また、どの道を経由してこの場所に来ようとも、いつ来ようとも、「破滅した国王(チャールズ一世)」として来ようとも、この場所が旅の果て(精神的巡礼の究極点)であることに変わりはなく、また、「感覚と観念」を脱ぎ去って、祈りを捧げるのでなかったら、旅の「目的」が成就されることはない、と瞑想される。そして、「祈りは」、たとえば詩のような「言葉の秩序ある姿」以上のもので、「祈る心の意識的な働きや／祈っているときの音声」以上のものである、と述べられる(第三セクション)。

つまり、祈りは没我、忘我の状態であり、「死者のコミュニケイションは／生きている人間の言葉を超えた火の舌」でなされるというのである。ここで「コミュニケイション」が霊的な交わり《コミュニオン》であることは言うまでもなく、また、「火の舌」は、すでに言及した聖書的意味があるだけでなく、ダンテの「地獄篇」第二六歌にある、オデュッセウスがダンテに語りかける場面の描写をも思い出させる。

そして、第一部は、「世界の果て」であるリトル・ギディングが虚心の状態にある者にとっていわば普遍的な場所となり、祈りによって無の心境に達した者にとって、現実の時間が超越されることが歌われる。普遍的な場所は同時に「此処《ここ》」すなわちリトル・ギディングであり、また「イングランド」であり、いや、イングランドさえも超えた空無の場であり（また、次に引用されている行中の"nowhere"を二つに分けると、「今」と「此処」の意味になる）、其処《そこ》において、現実の時間に対して「時間なき瞬間の交差」が行われることになる。およそ以上のことを、詩人はこう歌うのである——

　　　　the communication
Of the dead is tongued with fire beyond the language of the living.
Here, the intersection of the timeless moment
Is England and nowhere. Never and always.

四大要素の死と循環　第二部の初めには、一連が八行で、行末押韻という、たとえばバイロンが「ドン・ジュアン」（ドンファン）という詩で用いたイタリアから採用された形式、オッターヴァ・リーマ（原義はイタリア語で「八番目の韻」）を使った四連があり、この四連は『四つの四重奏』の座標系である四大要素の死、または循環を主題としている。つまり、それぞれの要素（元素）は他の要素の死によって生きるという、ヘラクレイトスの考え方である。

第一連は――

Ash on an old man's sleeve
Is all the ash the burnt roses leave.
Dust in the air suspended
Marks the place where a story ended.
Dust inbreathed was a house—
The wall, the wainscot and the mouse.
The death of hope and despair,
This is the death of air.

（老人の袖についた灰が／燃えたバラの残すすべての灰だ。／宙に懸かった塵は／ある物語の終わった場所を印す。／扱いこまれた塵は家であった――／壁であり腰板であり家ネズミであった。／希望と絶望の死、／これが空気の死だ。）

この連についてエリオット自身は、大戦中フェイバー社の屋上でドイツ軍の空爆による火災の監視に当たっていたときの経験に由来すると語ったことがあるが、作者の思い出は思い出として、同時に――他の連もそうだが――人生と世界について普遍的なことを示唆しているとも考えられる。人生といえば、死を前にした人間「老人」の袖に付いた灰は、「バラ」（たとえば青年期の欲望の象徴）の燃えつきた灰である。「宙に懸かる塵」は空襲で破壊された建物の塵であろうし、「ある物語」は、その建物に住んでいた人間の物語の終わりを暗示する。と同時に、そのことに関連づけて「吸いこまれた塵」は実際にその人間に吸いこまれた、崩壊した建物の塵であると共に、旧約聖書「創世記」（第二章）にある人間創造の物語を想起させもする――「主なる神は土の塵で人を造り、命の息をその鼻に吹き入れられた。」しかし同時に、これまた「創世記」（第一三章）にある「汝は塵なれば塵に帰るべきなり」を連想させる。ドイツ軍による空爆が「創世記」の後者の引用を想起させるような黙示的《アポカリプティック》な事態であったことは否定できない。

この連の終わり二行は、空中の塵が象徴する（その家に住んでいた）人間の希望と絶望すなわち人生全体が「死」と化し、人間の生命を支える「空気」もまた死滅することを暗示する。

第二部の二番目のセクションはダンテが用いた三韻句法（テルツァ・リーマ）という形式を利用し

た七二行のかなり長い部分である。テルツァ・リーマというイタリアの詩に由来する形式は、三行連句各行の韻律が弱強（アイアムビック）の連続であり、最初の連句の行末の押韻がa・b・aであるとすると、第二の連句は、第一連句の二行目の終わりの音bを引き取ってb・c・bとなり、第三連句は同様にc・d・cとなる（ダンテが用いたこの形式をわかりやすく説明するためにアメリカの現代詩人ジョン・シアーディのある作品を例に採れば、第一連句から第三連句の行末押韻は次のようになっている――“you”, “night”, “new”／“light”, “shore”, “kite”／“door”, “stone”, “more”）。

エリオットの場合は、このような形式を厳密に守っているのではなく――彼自身、イタリア語に比べて、英語ではさほど韻語は豊かではない、と述べてもいるが――スペンダーによれば、この形式の効果をできるだけ英語に移し替えようとしたのである。第一の三行連句は次のようになっていて、

In the uncertain hour before the morning
Near the ending of interminable night
At the recurrent end of the unending

一行目と三行目の終わりは押韻しているが、エリオットは第二の三行連句以下最後まで、このような押韻は放棄している。

朝の前の定かならぬ時
　終わりを知らぬ夜の終わろうとする頃
　終わらぬものの周期を置いて終わる時に
黒ずんだ鳩がちらちら舌を見せて
　巣へ帰ろうと地平線の下へ去った後《のち》
　枯葉が錫箔のようにアスファルトの上で
まだカサカサと転がる音しか聞こえない、
　煙が立ち昇る三つの地区の間では――
その時私は一人の男に会った。彼は歩き、ぶらつき
また急ぎながら、都会の夜明けの風に逆らうでもなく
　まるで金属の葉のようにこちらへ吹き飛ばされてきた。……

ロンドン空襲　来る夜も来る夜も続くドイツ空軍の爆撃（「終わりを知らぬ夜」）が、一日毎に（「周期を置いて」）終わろうとする明け方近くに、爆撃機（「黒ずんだ鳩」）が、恐らく銃撃の火を点滅させて（「ちらちら舌を見せて」）帰巣した後に、ロンドンの人気のない「三つの地区」の道路では、乾いた枯れ葉が風に追いまくられ、爆撃後の煙が舞い上がっている。

「ちらちら舌を見せて」飛ぶ鳩のイメージは、黙示的《アポカリプティック》な意味合い、つまり前にも言及されたペンテコストの聖霊の火の意味を持っているようである。

　また、「三つの地区の間では」枯れ葉の音しか聞こえないとあるが、「三つの地区」はロンドンの三つの地区であると同時に、『神曲』の三つの世界（地獄・煉獄・天国）を暗示すると解釈する学者もいる。ともかく、「三つの地区の間」の傍点部（傍点、徳永）に留意すれば、「私」の立っている場所が、「国境に設けられた無人地帯」（しばしば紛争の種になる）という意味の no-man's-land でないにせよ、一般的には陸軍で使う「（両軍の相対峙する）中間地帯」という意味の同じく no-man's-land に通じる（意味を持った）場所と言えるだろうし、そう考えれば、「私」が精神的な意味で立っている場所は地理的、現実のロンドンのある地区ではない異次元の、超越的な場所ということになるだろう。そして、このような中間地域は、夜と朝の間の薄明の時間（この詩の引用部分の現在の時間）と呼応するだけでなく、非現実的な時間とも呼応する。

　引用部分の後に続く箇所で「私」は、そのような場所と時間にふさわしく「懐かしい《ファミリア》人たちの複合した幽霊」（"a familiar compound ghost" すなわち引用部分の「一人の男」）と親密な会話を交すのであって、この複合幽霊はホメロス、ウェルギリウス、ダンテ、マラルメ、イェイツなど、先輩詩人からなっている。これらの幽霊はしかし、実質的にはエリオット自身であり、エリオットが「二重の役割」（第九七行）を演じているのである。また、この時間は、一〇五〜一〇七行にあるように超時間的な——といっても完全に宗教的なコミュニオンが達せられているのではない時間である。すなわち「前も後《うしろ》もない／この交差の時間」にふさわしく「私たち」（「二重の役割」をしているエリオット）はロンドンの舗道をパトロールしたのである。

言語について語る　複合幽霊と「私」はこの時間に対話を交すのであるが、この部分は、『荒地』の場合のように、直接に過去の詩人の言葉を引用しているのではなく、対話の内容、主題は、この詩が書かれたときの詩人としての重要な考えに関わる。それは一つには、言語・思想・伝統などを問題にしたものである。幽霊である「彼」は「私」に向かって、たとえば次のように言うが、それは詩人エリオットの内的独白と実質的には違わないものである——

「君が忘れた僕の思想や理論など
　僕はリハーサルしたいとは思わない。
そんなものは目的を果たしたのだから、放《ほう》っておけばよい。
君の場合もそうだ、君の思想や理論も
　他の人達から赦されるよう祈り給え
　僕も君が良し悪しを赦すよう祈る……
……（中略）
……来年の言葉は別の声を待っている。

……（中略）

僕等の関心は言葉《スピーチ》だったのだから、言葉が
　種族の方言を純化するようにと強いて
　後顧と先見に向けて心を急き立てたのだから、
僕に、老齢のために取って置かれた贈物を披露させ、
　君の生涯の努力に栄冠を与えさせ給え。

（一一一～一二九行）

そして、「老齢のためにとって置かれた贈物」について詩人は語る——その一つは、「肉体と魂がばらばらになる」ときの「感覚の冷たい軋轢」であり、二つ目の「贈物」は「人間の愚行に怒る」ことがあっても怒りが無力で、自分を娯しませることがなくなったことに対する笑いのにがにがしさであり、第三の「贈物」は、過去の行為と詩人としての存在を再び演じることの苦しみや、最近になって露呈された動機に対する恥ずかしさや、美徳のつもりで行ったことが他人を傷つけたという自覚である。

このような老衰への省察には、誰よりも先輩詩人イェイツの影が落ちていると指摘する批評家もいるが、文字通り老齢に達していたのではないエリオットの、単なるジェスチャーとは言えないアイロニックな智恵の表白として受け取って差し支えないだろう。若い頃から老人めいた一面を見せてきたエリオットの、『四つの四重奏』が実質的には最後の詩であることを思えば、右に引用した

部分は、作者の心底から発せられた言葉の意味合いが多分に加わっていると考えられるのではないだろうか。

この穏かな調子の告白には、若い頃に書いた何篇かの詩の中の明らかに反ユダヤ的な詩句やあてこすりに対するにがい思いが表現されている、と指摘する批評家もいることを紹介しておきたい（スティーヴン・ウィルスン「詩における偏見」（『エンカウンター』誌一九八九年七・八月合併号））。

破壊と愛の瞑想　第三部を割愛して、第四部へ移ろう。

The dove descending breaks the air
　With flame of incandescent terror
Of which the tongues declare
The one discharge from sin and error.
The only hope, or else despair
　Lies in the choice of pyre or pyre ――
　To be redeemed from fire by fire.

（鳩が降下しながら／白熱の恐怖の炎で空気を裂き、／炎の舌が宣言するのは／罪と過《あやま》ちからの唯一の放免だ。／唯一の希望、さもなければ絶望が／この薪《しば》かあの薪かの選択にある――／

火によって火から贖われるためには。）

詩形について。短い詠唱で、各行は八音節を目安にしており、大半の行は——六行目を除いて——弱強格《アイアムビック》の韻律で整えられ、行末の押韻はa・b・a・b・a・c・cとなっている（もう一つの連も同様な押韻形式《ライム・スキーム》）。

「鳩」についてはすでにふれたが、爆撃機のイメージと、それに伴う「炎の舌」の暗示する聖霊のイメージ、この二つが二重写しになっている。そして、街を焼く火が浄罪の火でもあるという考えが要約されている（地獄の火なくして煉獄の火もあり得ないという考え）。五行目以下は——希望が六行目の最初の「薪《パイア》」（欲望、我欲を燃やす（火葬用の）浄火）につながり、絶望が二番目の「薪」すなわち欲望、我欲を燃え上がらせる地獄の劫火につながる、という論理を汲み取ることができるだろう。

もう一つの詠唱では、誰でも知っているが実は知り慣れていない「愛」（"Love is the unfamiliar Name ……"）——神の愛——によってのみ、「炎の耐え難いシャツ」を脱がせることができて、人間は二種類の「火」（地獄の火と浄罪の火）に焼かれて吐息しながら生きるのみだ、と歌われる。（「炎の耐え難い」下着はギリシアの伝説（「ネッススのシャツ」）に由来し、愛と復讐に関わるものである。）この連の最終二行は、"We only live, only suspire/Consumed by either fire or fire." となっているが、下線部（徳永）の動詞（「吐息する」）は稀にしか使われない所謂「詩的な」語で、"fire" に押韻させるために採用したのもである。

総決算

第五部（第五楽章）はこの作品を締めくくるのにふさわしく、これまでのすべての四重奏（「バーント・ノートン」「イースト・コウカー」「ドライ・サルヴェイジズ」）で提示された思想やイメージを披露し、それをまとめている。

まず——

What we call the beginning is often the end
And to make an end is to make a beginning.
（いわゆる始まりは屡々《しばしば》終わりであり／終わることは始めることである。）

これは第一の四重奏（「バーント・ノートン」）冒頭にある “Time present and time past／Are both perhaps present in time future,／And time future contained in time past.”（「現在の時間と過去の時間も／おそらく未来の時間の中に在って、／未来の時間は過去の時間に含まれている」）という詩行の、瞑想された時間論のヴァリエイションである。（「おそらく」という語は「未来の時間」が予定されていることに対する、ここでの思索におけるエリオットの疑念を暗示するかも知れない。）日常世界の常識的な線的な時間の流れ（過去→現在→未来）を否定して、いわゆる「永遠の相の下に」捉えられた一瞬の静止した時間点（"the still point"）が、過去と現在と未来をも含む超時間の次元であることを述べる。いわゆる過去において経験されたものも、覚醒した意識で把握されたときに、それは現在（現存在）であり、現在を措いて誰も未来は思い描き得ないから、未来の時間が訪れたその一瞬において未来は現在化された時間として実現するのであり、したがって、認識の対象としての現在に他ならない。刻々と過ぎゆく時計の時間（日常世界の時間）は無時間化され、一瞬一瞬のうちに捉えられる「今」だけが姿なき姿を顕示する。

「いわゆる始まりは……」の二行は、第二の四重奏（「イースト・コウカー」）の冒頭にある「わが始まりにわが終わりは在る」及び、同じく結びにある「わが終わりにわが始まりは在る」と同じ考えを表現している。イースト・コウカーはエリオットの祖先が一七世紀にアメリカ移住のために離れた村の名前であり、「わが始まりに……」と「わが終わりに……」は、だから、エリオットにとって時間の単なるパラドックス以上の個人的意義を含んでいる。そのように考えると、彼の時間表現は文字通り円環性を持っていると評してもよいだろう。

歴史への考察

時間論からエリオットは、他の四重奏中でも採り上げた言葉の問題、詩の問題へと移る。「すべての句とすべてのセンテンスは終わりであり始まりである、／すべての詩篇は墓碑銘である。」（詩人はすべて、このような言葉に同意するだろう。）また、アメリカという歴史の比較的浅い国からやってきたエリオットは、「歴史」について、「歴史のない国民は／時間から贖われない、なぜなら歴史は無時間の一瞬一瞬の織りなす模様だからだ。」とも述べて、歴史（時間、宗教的には罪ある状態）の中にあって初めて歴史から救済される瞬間が訪れる、と瞑想する。そのような瞬間は、日常的な時間に交叉する一瞬であり、それはすでに第一の四重奏で提示された「廻《めぐ》る世界の静止点」（至福の時間）であり、また遡ってハーヴァードの学生時代に体験したある黙示の一瞬へと遠くつながるものでもある。

また、そのような一瞬は、「リトル・ギディング」執筆中の「今」であり、「今」の場所「イングランド」でもある、という風に「歴史」的、超歴史的に捉えられている（この考えも、すでに前に出ていた）。

なお、リンダル・ゴードンによれば、エリオットは学生の頃、ドイツの哲学者ヘーゲルの『歴史哲学』を所有し、それを読んだが、ヘーゲルは歴史を、永遠に存在する「精神」（the Spirit）の顕示と観じた、と述べている。また、「精神」は不滅であり、「精神」にとって過去も未来もなく、本質的な今しかない、とも書いている。ヘーゲルのこのような観念論的・超越的「精神」は、『四つの四重奏』に忍びこんでいる、とゴードン女史は考えているが、これも興味深い考察である。

それから、「リトル・ギディング」は、“With the drawing of this Love and the voice of this Calling”（この愛に引かれ、このお召しの声を聞いて」）という一行を置いてから（但し、その行の終わりには句読点がないので、次行に繋がるようにも読めるが）、「リトル・ギディング」の、そして『四つの四重奏』の結びに入る。まず、その部分の最初の四行を引用する――

We shall not cease from exploration
And the end of all our exploring
Will be to arrive where we started
And know the place for the first time.
(私たちは探求を止《や》めないだろう／そしてすべての探求の終わりは／出発した場所に辿り着いて／その場所を初めて知ることであるだろう。)

一行目の“shall”は格調の高い（預言的な）助動詞。これらの行にも、表面的にはパラドックスが示されているが、それが単なるレトリックでないことは、『四つの四重奏』を読んできた者には明白である。「探求」は若い頃からのエリオットの精神的《スピリチュアル》な探求であり、そのことを知る読者も抱えこむようにして「私たち」という代名詞が使われていると読んでよいだろう。

「すべての探求の終わり」は、右に述べたことがひとまずこの詩において終わろうとすることを暗示するが、「終わり」はまた「出発した場所」すなわち、幼年時代の一種の楽園、無垢の状態に辿り着くことであり、また、リトル・ギディングから祖国アメリカへ、物理的にではなく帰還することであり、そうすることは、精神的な旅を開始した場所を「初めて知ること」すなわち出自の意味をそれまでの経験によって認識することに他ならない。まさに、始まりは終わりに、終わりは始まりに在るということを確認するのである。

始まりで終わる　続いて、この結びの部分には、幼年時代のミシシッピー河であろう「一番長い河の源」と、そこに「隠されている滝の声」と「リンゴの木にいる子供たち」を探り当てることが歌われる。（この「河」と「子供たち」はそれぞれ、第一及び第三の四重奏に出ている。）そして、「隠されている滝の声」と「リンゴの木にいる子供たち」――「リンゴの木」は当然ながら、人間が堕落する前のエデンの園へ読者の連想を運ぶ――が「知られていないのは求められないから」であり、それが「知られ」る至福の時間は、「海の二つの波の間の静止の中で」かすかに聞こえるものだ、と述べる。その部分を引用すれば――

243 Through the unknown, remembered gate
When the last of earth left to discover
Is that which was the beginning;
At the source of the longest river
The voice of the hidden waterfall
And the children in the apple-tree
Not known, because not looked for

But heard, half-heard, in the stillness
　Between two waves of the sea.
(未発見であった地上の最後のものが／始まりであったものであるとき、／知られていない想起された門を通って。／一番長い河の源には／隠されている滝の声と／リンゴの木にいる子供たち――／知られていないのは求められないからで、／聞こえている、半ば聞こえているのだ、／海の二つの波の間の静止の中で。)

海の波を利用した句は、これまた他の四重奏から拾うことができて、「ドライ・サルヴェイジズ」で描かれている、エリオットが若い頃に親しんだ大西洋の波と波の間に感じた時間の静止点と静寂を記憶によって甦らせているのであろう。

ところで、"But heard, half heard, in the stillness／between two waves of the sea." (「聞こえている、半ば聞こえているのだ、／海の二つの波の間の静止の中で。」) という二行について、リンダル・ゴードンが未発表の資料によって書いていることを紹介しておきたい。ゴードン女史によれば、この二行はある草稿では "heard, half-heard, in the silence／Of distant lands and seas" (「遠い陸と海の／沈黙の中で聞こえる、半ば聞こえる」) となっていたのが、下線部 (徳永) が "between two waves of the sea" へと改変された。ところが、「字義通りの考え方をする〔友人の〕ジョン・ヘイワード」が、波と波の間に「沈黙《サイレンス》」があり得るのかどうか、エリオットに訊ねて、エリオットは「この重要な語〔沈黙〕を、さほどドラマティックではない『静止』（"stillness"）に変えた」というのである。"stillness" を日本語に訳して「静止」（または「静止した場所」）とするのは一般的であるが、それは止むを得ないことかも知れない。

しかし、この英語には、音がほとんどまたは全く聞こえない、という意味もあって、この意味はエリオットのこの句では「静止」と切り離せない。動く波と波の間の「静止」した空間は、幼年時代のエリオットが静寂でもあることを直感したのであろうし、そのことはその後、記憶の働きによって「聞こえる、半ば聞こえる」のような多義的（「さほどドラマティックではない」）表現になったのであろう。ともかく、幼年時代のこの個人的経験、直感は、至福の無時間の一瞬《タイムレス・モウメント》として、静止点《スティル・ポイント》として、時間の世界に交差する無時間の点として、表現されているのである。

ダンテのバラ

時間内に経験される無時間（時間の外側にある無時間）という、エリオットが述べている真理は、スペンダーも言うように哲学的問題についての考えであるだけでなく、そうした問題を感情的状態として経験した人にとって共通の基盤となっているのであろう。そのような感情的、心理的状態は、たとえばウィリアム・ワーズワスが長詩『プレリュード』（一一章）で、幼時のある特定の記憶が詩人にとって「蘇生力」となると語っている「時間点」（spots of time）に通じるものであろうし、フランスの小説家マルセル・プルーストの『失われた時を求めて』中で、あるときマドレーヌを食べて「過去を取り戻した際の目も眩むような瞬間」（スペンダー)に似ているのであろう。

いよいよ、「リトル・ギディング」は次のように結ばれる――

Quick now, here, now, always —
A condition of complete simplicity
(Costing not less than everything)
And all shall be well and
All manner of thing shall be well
When the tongues of flame are in-folded
Into the crowned knot of fire
And the fire and the rose are one.

(さあ早く、ここだ、今だ、いつもだ――/完全な単純さの状態/(いっさいを犠牲にして)/そして凡《すべ》ては全きを得ん/凡ては全きものとならん/炎の舌が抱き寄せられて/火の結ばれた王冠となり/火とバラが一つとなるときに。)

右の第一行は、それに先行する行からの著しい転調・転回であるが、それは幼時への回想から現在の意識への転換を示す。「さあ早く」("Quick now")は、まるで幼年時代のエリオットの声が現在の詩人を無時間の一瞬へと促すようであるが、その無時間の瞬間は、想起された過去、すなわち「今だ」((“Quick) now”)であると同時に、同じく回想の対象である「ここだ」(「波と波の間」)とつながって、過去を強烈に意識している現在(「今だ」)でもあるだろう。そして、「いつもだ」は、記憶が甦えることごとくの瞬間、つまり、すべての時だ、という意味であろう。このようにして、過去は常に現在となり、あの場所は常に「ここ」になる。そして、このことは、次の行が暗示する無垢で純真な、幼時の「完全な単純性の状態」である。

こうした魂の状態を認識するとき、四～五行目の究極的肯定が詠唱されるのである。そして、『神曲』天国篇第三〇歌に出ている大円形劇場の形に似た神の愛の「バラ」が暗示され、「イースト・コウカー」にある燃え上がる煉獄の火(“purgatorial fires”)が、その形と意味の変容を伴って「バラ」と合体し、神の王冠のバラの形に結ばれていることを示唆する。

エリオットは初期のエッセイ「伝統と個人の才能」で「芸術家の歴程《プログレス》は連続的な自己犠牲、個性の連続的消滅である」と述べているが、「リトル・ギディング」の詩的生命は、文学上の死者との関係をエリオット流に築き上げたことによって創造され実現されていると考えられる。このようにして、伝統、つまり死者が達成した過去の生命、の間に詩的自己を置く——個性を消滅する——ことによって個性を獲得しているのであり、死者の間ではダンテが彼にとって最も生きている詩人であった。

Ⅲ　T・S・エリオットの思想的特徴

一、異神を求めて

非キリスト教的思想　エリオットの死後六年たった一九七一年に『荒地』の原稿が発見され、未亡人ヴァレリー・エリオットの編集で出版されたが、この原稿版には、エリオットが一九一四年（二六歳頃）に書いたとされる次のような短い断片とも称すべき作品が含まれている。

I am the Resurrection and the Life
I am the things that stay, and those that flow.
I am the husband and the wife
And the victim and the sacrificial knife
I am the fire, and the butter also.

（私は〈甦り〉であり〈命〉である／私は留まるものであり、流れるものである。／私は夫であり妻である／犠牲《いけにえ》であり生贄《いけにえ》のためのナイフである／私は火でありバターでもある。）

第一行は人口に膾炙したキリスト教の言葉であるが、この詩はこの行に古代インドの哲学的会話の歌、「バガヴァッド・ギータ」中の「私は火であり供物である」に見られる思想を結びつけている。この詩に見られる東洋思想に、エリオットはハーヴァード時代、姉崎正治の講義を通じて邂逅した。この遭遇を通じて、彼は西洋の弁証法的・二元論的考え方に限界があることを知ったが、ブラッドレー研究がこれを強めたのであろう。対立するものを融和・調和する東洋思想に対する敬意が右の作品に窺われるのである。また、『四つの四重奏』のエピグラフになっている古代のギリシア哲学は、このような東洋思想と共通するものを持っていると思われる。

エリオットはその後、『異神を求めて』（一九三四）という評論で、インドの哲学者たちの精妙深遠な考え方と比較すれば西洋の偉大な哲学者たちは小学生のように見えてくる、と述べたし、「そうした東洋の哲学者の求めていたものを理解しようとする努力の大半は、ギリシアの時代から西欧哲学に共通して見られるいっさいの範疇や種類を私の心から消し去ろうとすることに向けられた」とも書いている。

彼の精神的系譜において無視できないニューイングランドの超越主義との関連で、私はR・W・エマスンのたとえば「ブラーマ」（一八六七年）という詩を思い出す。（Brahma はインドの最高神で、創造の神、宇宙の主宰者である。）この詩でエマスンは、「赤い殺戮者がもし自分は殺戮すると思うなら、／また、殺戮された者がもし自分は殺戮されたと思うなら」「私（ブラーマ）の変幻窮まりないやり方を知らないのだ」、と書いている。エマスンのこの詩をもう少し引用しておこう。

Far or forgot to me is near;
　Shadow and sunlight are the same;
The vanished gods to me appear;
　And one to me are shame and fame.

They reckon ill who leave me out;
　When me they fly, I am the wings;
I am the doubter and the doubt,
　And I the hymn the Brahmin sings.

（遠いも忘れたも私には近い。／影と陽は同じもの。／消えた神々は私に現れる。／恥辱と名声は私にとって同じのもの。∥私を忘れる者たちは思い違う者。／彼らが私を飛ばすとき私は翼。／私は疑う者であり疑いである、／そして私は司祭者《ブラーマン》が歌う讃美歌である。）

〔注〕第一連三行目は“to me”と“appear”の順序を逆にしているが、これは第一行とこの行の行末を押韻させるためであり、また、弱強格《アイアムビック》の韻律にするためでもある（“Thĕ vánĭshed góds tŏ mé ăppéar”）。第二連二行目にも語順の倒置がある。散文では“When they fly me”となる。また同連最終行では“I”の後に動詞“am”が省略されている。省略することで、この行も他のすべての行と同様、八箇の音節《シラブル》に整えられてい

る。

中間的意識

『荒地』原稿版にはさらに、「では夕方を、菫《すみれ》色の空を通って」（“So through the evening, through the violet air”）で始まる、「私は〈甦り〉であり……」と同様に無題の、同じ頃に書かれたとされる未完の作品が含まれている。この詩は、通常の思考を越えた、極めて高められた意識の状態にある精神が、昼から夜へ移行する中間的時間に、「菫色の空を通って」外界の事物が逆様に宙づりになり街路がねじれ曲がっているのを幻視していると受け取れるような作品であることを示唆する（この作品の一部は手を加えられて、『荒地』の三七七～八四行となった）。

ジョン・T・メイヤーはこの詩について、感覚が物体に対して鈍くなり空気に対して研ぎすまされており、主人公は「苦悶する瞑想」によって「引きずられてゆき」、遂には仏教のマントラ（真言、祈禱）に似た言葉が発せられる、と述べている。また、合理的論理が抑えられて、「眠っている」心とか、感覚が外観の世界に対して閉ざされた「めざめの状態」に洞察が訪れる、と論じた上で、ウパニシャッド（インド最古の宗教文学に含まれていて、個人的自我と宇宙我の一致を説いている）では、「眠っている」心は普通の生と死の間の中間的状態として殊の他黙示を誘い出すのに適した条件とみなされている、とも述べている。

今のところ、私には、この作品が明瞭に宗教的または哲学的主題を扱っていると言える自信はないが、一種異様な心霊的《サイキック》な状態で現実世界を越えた次元へと向かう探求は感じられる。

異常な精神状態において訪れる洞察を追求した作品として、一九一五年頃に書かれた「聖ナルシサスの死」がある。この詩は、——冒頭の岩のイメージが、不毛かつ不気味で、『荒地』で利用されることになったが——やがて、ナルシシズムと殉教のテーマを、「私」にとって他者であり「私」と同一の人物でもある「彼」の変貌を示しながら追求している。この作品に見られる殉教というテーマに関して、リンダル・ゴードンは、『荒地』最終稿が出来上がる頃にはエリオットの聖者への夢はほとんど消えたようである、と推断しているが、宗教的、哲学的関心はエリオットの中で持続されたのである。

懐疑

エリオットのハーヴァード時代の恩師であったアーヴィング・バビットは、仏教が対立するものの調和を示していることを認めていて、このような仏教の特性が西欧の人間には奇異に映ることを知っていた。そして、もし仏教徒になれば、西欧文明の根底にある思想的前提と矛盾することになるだろうと述べた（ジェフリー・M・パール著『懐疑主義と現代的敵意』一八五〜八六頁）。（エリオットも恐らく、イギリスで生活するようになってからそうした「矛盾」を感じ、やがて、彼自身が正統的と考えた英国国教へ回心したのであろう。しかし『四つの四重奏』の後に書いた詩作品の中で、キリスト教的思想が明白に表れているものに、たとえば『岩』があるけれども、芸術作品としては比較的つまらない。）

ジェフリー・M・パールは『懐疑主義と現代的敵意』でエリオットの懐疑的特性を扱っているが、その中でこう述べている——「エリオットは、ブラッドレーの観念論哲学を誤読することによって、真理や意味、及び、真理や意味を表現する際の言語の役割などに関する穏やかな、だがラディカルな懐疑主義へと、この観念論哲学を変容することで経歴を開始した。エリオットは早くも一九一二年かその翌年に、彼なりの懐疑主義または相対性主義に到達したのであり、彼の哲学的文章には、観念論的な語句も、失望もないし、完璧な確実性へのノスタルジアもない。」

ブラッドレーの哲学に対するエリオットのこのような誤読と修正（revision）の原因になったものの一つは仏教思想との邂逅であるが、修正主義を文学や思想の変化を考察する上で一つの原理にしている批評家ハロルド・ブルームは、仏陀を「あの偉大なモダニスト」と呼んでいる。そして、エリオットの冷静な観察者としての面は、部分的にはインド思想に影響されて生じたものであろう。彼自身『クライティリオン』（一九三七年一月号）で、「党派性を抱く場合は留保と虚心と疑惑をもってしなければならない」と述べた上で、このような「心《マインド》の均衡」は『バガヴァッド・ギータ』のヒーロー、アルジュナのような少数の高度な教養を身につけた個人においてのみ可能である、と書いた（アルジュナは親族間の戦いに臨みながら、戦争悪を反省して戦意を喪失した。）。

若い頃のエリオットに訴えたであろうインド思想の中に、竜樹（一五〇～二五〇頃）が創始したとされる大乗仏教があり、その基本的典籍に『中論』があるが、そこでは、いっさいのものが原因条件を俟《ま》って生起（縁起）するのであって、独立固有の実体を持たず（無《む》自性《じしょう》）、空である（空性《くうしょう》）、したがって物事をそのように把握するのが固定した考え方に捉われない中《ちゅう》の立場（中道）に他ならないという基本的学説が扱われている。

折衷的態度

このような東洋思想に影響されながらも、すでに幼少時代にキリスト教的風土で育っていたエリオットは、イギリスへ渡ってからキリスト教、それも幼少年時のものとは異なる形の宗教へと傾斜したのであるが、しかし芸術家としての彼は少なくとも『四つの四重奏』までは、仏教哲学がヘラクレイトスの世界観と重なる面を持っていることを想い出していた。たとえば『四つの四重奏』の「ドライ・サルヴェイジズ」には、「時折私は思うことがある――クリシュナが／……未来は消え去った歌だ……といった意味のことを述べたのだろうか、と。／上への道は下への道であり、前への道は戻る道だ。」という行が見られる。（クリシュナは最高神ヴィシュヌの権化の一人で、ヒンズー教徒に最も愛好、信奉される神である。）エリオットは右の引用でためらうような口調でインド思想を回想している。ためらうような口調はインド思想とキリスト教の神秘主義を折衷、調和させようとする彼の中道的態度にふさわしい。

「未開」との遭遇

彼の精神状態に、相反するものに対する魅力が潜んでいたことはすでに述べたが、この魅力は、文明と未開《サヴェッジ》という二項対立にも見られる。「未開」という語は、エリオットが読んで学んだ文化人類学者や文化人類学の影響を受けた学者が用いた語である。たとえば『荒地』原稿版を見ると、元々のエピグラフが、ジョゼフ・コンラッド（一八五七～一九二四）の小説『闇の奥』から採った「恐ろしい！　恐ろしい！」であることがわかる。『闇の奥』では、マーロウという人物が、アフリカ（コンゴ）の森の闇の奥、地獄のような悪夢の死の王国について語るが、彼はこのジャングルの中でクルツという人物に出会う。クルツは空虚な理想主義を抱いてヨーロッパからきた男で、彼の理想主義も未開の、野蛮な「闇」の力によって脆くも崩れ去ってしまうのである。

マーロウは、ダンテの地獄にあるような「苦痛、自暴自棄、絶望の姿勢」をした人物、エリオットの詩の「空ろな人びと」、すなわち、信仰・個性・倫理的能力などの空っぽの人間たちを周囲に見るが、完全に「空ろな人びと」とは少し違うクルツの死んでゆくときの凝視がマーロウの脳裡から去らない。その凝視は暗闇で鼓動するすべての心臓を刺し貫いて、全宇宙を見渡すような広大な視力を持っているように描写される。そしてクルツは「完璧な知識の至高の瞬間で」究極の真理の幻想を得て、最後の呼び声、「恐ろしい！　恐ろしい」を発する。この呼び声がエリオットにとって非常に大きな意味を蔵していたことは疑えない。マーロウはロンドンについても、「これも地上のこの上なく暗い場所の一つであった」と述べている。

また、『四つの四重奏』の「ドライ・サルヴェイジズ」で、原始社会の恐怖が文明人の頭に侵入してくることを示唆するかのように、「肩越しに原始社会の恐ろしさの方へ／半ば目を遣《や》る」と述べてもいる。また、『カクテル・パーティー』で、ジャングルの部族の間でシーリアという文明人が蟻塚の近くで磔殺されたという報《しら》せが伝えられたとき、エディンバラにきていたこの劇の観衆に恐怖が強い衝撃を与えた。

エリオットは原始的な人間の心には「私たちが忘れてしまった心理的習慣が存在している……そ

して私たちには夢しかないし、幻を視ることがかつては今以上に意味深い、訓練された種類の夢みることであった点を忘れてしまっている」と述べたことがある。そもそも彼が未開社会に関心を抱くようになったのは少年時代で、一九〇四年のセントルイス万国博でフィリピン特別展を見たときであるといわれる。ここで彼はイゴロト族や背の低いネグリト族を目撃したのであり、このような異文化との遭遇体験が、スミス・アカデミーの校友会誌に発表した「王様だった男」という短篇に綴られているという。（成田興史「T・S・エリオットと『未開』との遭遇」（『英語青年』一九九〇年一月号））

二、キリスト教観

政治的・社会的視線　エリオットのキリスト教的発展に影響を与えた人物にシャルル・モーラスがいるが、モーラスは極右の政治的信条を持った王党派で、ローマ教皇に批判され、第一次大戦後終身刑に処せられた。エリオットも一九二七年頃までは極右の政治思想を支持していたが、それ以後はキリスト教によって極右支持が歯止めをかけられたのであり、このことは『クライティリオン』誌の編集ぶりに窺うことができる。彼は保守的見解を持っていたけれども、若いコミュニストの意見に限らず実に多様な意見を表現した作家に発表の場を提供した。その点でほとんど自由主義的であった。若い作家たちとの対応では穏やかで、援助の手を差しのべ、寛容であり、彼らの政治に対して不賛成を一度も表現しなかったと言われる。

一九三九年というただならぬ時期に出版された『キリスト教社会の理念』は、第二次大戦が開始される数か月前にケンブリッジ大学のコーパス・クリスティ・コレッジで行った講義に基づいているが、このコレッジは政治的保守性で有名であったという。この著作の根底にある思想は、異教主義《ペイガニズム》（ファシストとコミュニスト）とキリスト教世界のいずれかを選ばなければならないだろうが、人びとは自由主義のせいでこれが現実の問題であることを理解していない、といったものである。

エリオットはこの本の冒頭近くで、「私が主張したいのは、私たちの文化が今日、主としてネガティヴなものであるが、しかし、ポジティヴな面を持っている限りでは、いまだにキリスト教的である」と書いている。この著作が出版されて四三年たった一九八二年に、それに「序文」を寄せたノリッジ大聖堂主席司祭、デイヴィッド・エドワーズは、右のエリオットの発言について、それがH・Gウェルズやバートランド・ラッセルのような極めて影響力の強い人物の説いた世俗的世界観の持つポジティヴな闘志を考慮していないし、イギリス国民の間に首相チャーチルが大戦を勝利に導いたときの愛国的理想主義が存在していることも顧慮しなかったと述べ、さらに、エリオットは大戦後アトリー首相が福祉社会を導入したことに現れている同胞愛を計算に入れることもできなかった、とも書いている。

エリオットは第二次大戦勃発前にナチズムの悪魔的性格を認識できず、ドイツやロシアが代表しているいっさいのものを毛嫌いすることは新聞のセンセーショナリズムと偏見をいっしょくたにする態度である、と考えたが、そんなエリオットは一九三四年から二五年間、ロンドンのグロスター・ロードにある聖スティーヴンズ教会の教区委員を務め、戦争までの時期、この教会の牧師館に下宿し、常にやや牧師めいたライフ・スタイルを保っていたようである。それでいて、英国国教の頑迷な信奉者でもなかったらしい。そして、『キリスト教社会の理念』を講演した同じ月に初演を見た『一族再会』という自伝的要素を含む劇のヒーローを、後年作者自ら、「我慢できない気取り屋」とみなすようになっていた。

『ランスロット・アンドールズのために』（一九二八）の序文でエリオットが行った、悪名高いとさえ言える宣言については第I部（「生涯」）でふれたが、彼は一九六一年になって、自分は「正確にこのような表現は使うべきではない」と述懐し、しかし宗教的信条は不変であるとした上で、「私は王制を持っているすべての国で王制を維持することに強く賛成する」と述べながらも、一九二〇年代の自身のこのレッテルに完全に制約されることを拒んだ。

エリオットのキリスト教

しかし同時に、エリオットは宗教については平信徒であったし、ジョージ六世（一九三六〜五二）を守護者の一人として含む英国国教信者の内側で息づいていたのは詩人としてのエリオットであり、制度としての教会を初期の詩「河馬」で河馬に喩えた詩人は、エリオットの内面で生きていたのである。結局、エリオットにとって宗教はリベラルなものではなくドグマティックなものであるべきであり、自然宗教ではなく啓示的であるべきであり、啓示的な宗教は「受肉」（**Incarnation**）の教義に要約されるかも知れない。（動詞 **incarnate** は「肉化する、肉にする」の意で、たとえば神という見えない存在を、キリストという肉（肉体）あるもので顕現、体現する、ということになる。）また、「受肉」の教義は、言葉の芸術家としての彼にとって最もふさわしいものであったと言えるだろう。そして、この教義が詩の言葉として「受肉」されている例は、言うまでもなく『四つの四重奏』に散見されるのである。

エリオットのキリスト教観がどう表現されているかを示す一例をあげておきたい。それは一九三六年にボナミ・ドウブレーに宛てた手紙の次のような一節である。

> 神の愛へ到るためには、被造物の愛を自分から取り除かなければならないという教義は、十字架の聖ヨハネが表現しています。……この教義は基本的に正しい、と私は信じています。……普通の人間的愛情が私たちを神の愛へと導くことができるとは思いません。むしろ、神の愛が私たちの人間的愛情を吹きこみ、強烈にし、高めるのでして、さもなければ人間的愛情は動物の「自然な」愛情とほとんど区別ができません……（アレン・テイト編『T・S・エリオット』デルタ・ブック、一九六六）

（十字架の聖ヨハネ（一五四二～九一、スペイン語ではサン・フワン・デ・ラ・クルス）はスペインの神秘詩人でカルメル派の聖職者。『カルメル山登攀』や『魂の暗夜』などの著作があり、牧歌的な優しさと官能的な美しさを特徴とし、情熱的に神の愛を讃えている。）

この手紙に表現されているような観点に立てば、現世での人間関係に限らずさまざまな政治的事件、社会的現象でさえ、エリオットのキリスト教の超時間的・絶対的な真理の下で相対的な価値しか与えられないものとなる。実際、エリオットの政治的発言は一貫して政治的事実に基づいた現実性のあるものではなく、その時々にいわば即興的になされた発言であるとさえ言えるであろう。

エリオットは世界宗教的《エキュメニスト》ではなかった。また、英国国教の排他性が云々されたことがあるが、彼のエリート主義は、そうした排他性で悩むことはなかったようである。そんなエリオットは、労働階級について、「暴徒はよい食事をし、よい服装をし、よい家に住み、よい規律を身につけるようになるにせよ、相変わらず暴徒であるだろう」と言って、労働階級に同情を示さなかった。その一方で、彼は――たとえば『クライティリオン』誌（一九三八年一〇月号）を見ればわかるが――イギリスの金融・農業・教育・生活哲学などを批判し、労働党のみならず保守党の中の、想像力に欠ける支配的な人たちに希望を見出せなかっただけでなく、当時の政治には全く絶望していたとさえ言えるだろう。どちらかといえば、彼は政治については右翼よりも左翼に対して用心深かったようである。

『キリスト教社会の理念』で、エリオットはキリスト教国家があるか、さもなければ異教国家がある、といった具合に二者択一の考え方をしているが、このような考え方は、スペンダーも言うように、虚心に考える多くの読者にとってさまざまな政治的、社会的現実を無視していると映ったことであろう。もちろん、一九九〇年という時点ですら、エリオットの考え方が実現されていると考える人はいないだろう。スペンダーは、「たとえキリスト教革命が起こるにせよ、それが英国国教会の庇護の下で行われることなどありそうにない」と述べている。また、「エリオットは、この本で、イギリスにおけるキリスト教国家の理念を論じることに限定しているが、ヨーロッパでイギリスこそがこの理念が最も採用されにくい――イギリス人は教会に支配されるという考えを毛嫌いするのである」とも述べている。

エリオット批判

スペンダーは中産階級の出身であるが、一九三〇年代に一時イギリス共産党に入党したこともあり、その後はリベラルな考え方と反コミュニスト的側面を併せ持っていた。彼は、エリオットが一度も当時のヨーロッパの現実に注意を向けていないのは驚くべきである、と批判し、こう述べる――「彼がこの講演〔『キリスト教社会の理念』〕をしていたとき、キリスト教民主党とかキリスト教社会党を自称する政党を持つ国がいくつかあり、そうした党の少なくとも一つは政権を握っていた。カトリック教会（英国国教会は、エリオットの考え方では、これの分派であった）は、オーストリアのドルフス首相（一九三二～三四）やスペインのフランコ総統（スペイン内乱の総帥（一九三六～三九）、スペイン総統（一九三九～七五））に対してキリスト教の祝福を与えていた。カトリック中央党の党首でカトリック教のドイツ首相ブリューニンクは、エリオットが異教的と呼んだファシズムとの必死の闘いの間に、自由主義と民主主義の原則の多くを放棄し……異教徒のヒットラーが政権を握る道を開いたのである。カトリックのフランコ総統は、カトリック教会に祝福された爆弾に助けられて、ファシスト政権をスペインに押しつけていたのであり、このようにして、エリオットの基準に従えば、自国スペインを異教主義へ改宗させた――それも、公式のキリスト教の助けを得てである。」

エリオットは第二次大戦後、変貌しつつあったイギリス社会で、キリスト教の理念が中心となるような理想を描き、著作に限らず実際の社会活動でも、キリスト教徒として活躍した。彼が発表した社会批評の本に『キリスト教社会の理念』の他に、第二次大戦後の一九四八年に出版された『文化の定義のための覚え書』がある。この著作は題名が神経質で窮屈な感じを与えるけれども、寛いだ文体で書かれている。そのことは、大戦後のヨーロッパではドイツが再生の道を歩み始めたことと関係があるだろう。寛いだ文体で書かれているとは言うものの、内容は凝縮されていて、必ずしも読みやすいとは言えず、保守的な社会批評のために、今日の読者の中には本書に魅力を感じない人が多いかも知れない——当時もそうであったと思われるが。

「文化」とは？

エリオットはこの本で、文化のさまざまな局面を考察、分析する。また、文化の有機的な性質、文化の世代から世代への継承とか、文化が地域や宗教との関連でどう理解されるべきであるか、局部的多様性が普遍的な教義とどう調和すべきか、といった問題を論じる。ところでエリオットの文化に対する、したがって当然ながら社会に対する考えは、宗教観と切り離すことはできない。「一国民の所謂文化と所謂宗教が同じものの違った面なのかどうか、すなわち、文化が本質的に国民の宗教の（いうなれば）受肉（体現）されたものであるかどうかを問うことができる」と、作者自身が述べている。

さらにエリオットは文化のさまざまな面を次のように列挙する——「ダービー競馬、ヘンレー・レガッタ、カウズ・ヨットレース、八月一二日（の狩猟解禁日）……ウェンズリデイルのチーズ、湯煮したキャベツの区切り法、赤甜菜の根の酢漬け料理、一九世紀のゴシック寺院、エルガーの音楽」。そして、このようなリストが「ある奇妙な観念」を誘発するのであり、「私たちの文化のある部分は同時に、そのまま私たちの生きられた宗教の或る部分である」と述べる。

右のリストに高次元の文化的局面、芸術、哲学、学識だけでなく、マシュー・アーノルドや、エリオットと同じニューイングランドの出身者ヘンリー・ジェイムズが文化であると考えた上品な行儀作法を加えてもよいが、そうした専門分野で磨きをかけた人でも、これらの文化の局面を統合したものすなわち宗教を持たなければ、「非文化人《アンカルチャード》」ということになる。なぜなら、階級によって文化の局面は違う場合があるにせよ、階級間を縦断しながら階級の差を融合するものが宗教だから だ、ということになる。たとえば、ある種の人たちは宗教を主題として好むが、別の人たちは絵画の例の場合のように審美的理由で宗教を好むかも知れないし、また違った人たちは両方の理由で宗教を好むかもしれないが、いずれにせよ宗教が一つの軸になっている、というのである。

本書の途中で、しかし、エリオットは文化は「宗教が不在なときに保存され、拡大され、発展する」ことはできないと言ったかと思うと、「信仰が衰退した後でも文化は消え去らない、それどころか、この上なく見事な芸術的その他の成功をいくらか産み出すこともあり得る」と発言する。このように矛盾した議論を本書から拾い出すこともできるが、それは文化と宗教に対する見方が、彼自身にとっても一筋縄ではゆかぬ問題を蔵していて、彼が正直に難渋していることを示すからであろう。

矛盾から融和へ

エリオットはキリスト教徒として精力的に「ザ・ムート」(討議会の意)という会合に参加したし、仲間のキリスト教徒と一緒に彼らの社会の支部に贖罪の計画を浸透させようと計画したりして、上機嫌な感じで自身の社会的・文化的仕事に従事していたが、そうした社会的活動の水面下には彼の陰気さが潜んでいたようだと、彼を知る人たちは指摘している。

それはそれとして、エリオットは『文化の定義のための覚え書』を心温かな希望的展望を持って書いたことは、この本の平静な調子からも窺える。彼の文章は『四つの四重奏』中のいくつかののびやかな件《くだり》に共通する面を持っている。「審美的感受性は霊的知覚となるまで伸展されなければならず、私たちが芸術における頽廃《デカダンス》とか悪魔主義とかニヒリズムに判断を下す資格を得る前に、霊的知覚が審美的感受性となるまで伸展されなければならない。芸術作品を芸術的基準で判断するか、または宗教的基準で判断するか、宗教を宗教的基準で判断するか、または芸術的基準で判断するかは、究極的には同じものに帰着しなければならない――もっとも、それはどんな個人も到達し得ない目標ではあるけれども。」このような議論を読むとき、一つには文体と、もう一つには、そこに文体と切り離せない形で議論が転移を繰り返している様を感じ取って、一見して矛盾し合うものが融和へと高められていくことが『四つの四重奏』にも実現されていると感じられるのである。

東洋思想からは遠ざかったと思われるエリオットの思想的特徴の一つは、矛盾対立し合うものから調和を誘い出す傾向にあるが、そのことを深く考えると、東洋思想は案外、エリオットの内面に輪郭の定かならぬ影を落としていたと言えるのではないだろうか。

三、エリオットの批評用語

伝統と個人の才能

個性からの逃避

エリオットは「伝統と個人の才能」（一九一九）というエッセイで、小さな個性（個人の独創）よりも「伝統」を重視している。そして伝統を引き継ぐことは前の時代に盲従することではなく、「歴史感覚」を持って努力して伝統を獲得しなければならない、と述べる。歴史感覚は、過去を過去性として見る以上に、現存するものとして捉えることであり、新しい芸術作品は、過去の作品の間に置かれることによって、過去にあった秩序自体を変化させる、と説く。また、詩人は価値あるものに自分の個性をゆだねるべきであり、苦悩する人間としての詩人と、その詩人が作品中に創造する精神は切り離して考えるべきだ、と主張する。

ここに、詩は個性の表現ではなく個性からの逃避であり、個性の連続的消滅であるという、有名になった考えが出てくる。しかし、エリオットは「非個性」を揚言したすぐその後で、「しかし、もちろん、個性や感情を持っている者だけが、それから逃避したいと思うことが何を意味しているかを知っている」と、修正発言を行い、読者を煙に巻いたのである。

個性に関するエリオットの発言は、文字通りに受け取る必要はないが、彼の理論が言わんとしている点を彼自身の詩のメタファーとして考えれば、彼の創作プロセスがどういうものであったかを察することはできる。一言で要約すれば、彼の詩の、少なくとも表面は、極めて客観的なものに見えるということである。

「伝統と個人の才能」はさらに、詩人の心が詩を創り出すプロセスを科学的アナロジーによって説明する。すなわち、化学反応には触媒としての白金フィラメント（それ自体は不活発なもの）が不可欠であるが、このフィラメントを通して、詩人の心にあるさまざまなものが「化学変化」を起こして作品になる、というのである。彼は詩人の心を、「無数の感情、語句、イメージを貯蔵する容器」に譬え、この容器の中で、貯蔵されていたものの分子がやがて融合され、非個性的なもの（作品）に化す、というのである。

このような科学的――いや、擬似科学的と称すべき――考え、創作プロセスの「理論」は、それ自体一つの綺想《コンシート》、奇抜な比喩であるが、スペンダーはこれをエリオットの若さに由来する気取りであると批判し、「科学をモデルにすることで、モデルが説明しようとしている詩的行為から読者の注意は逸《そ》らされてしまい、モデル自体に向かい、読者の前の白衣を着た実験室の若き科学者エリオットへと集中されることになる」と、コメントを加えている。（エリオット自身、一九六一年の「批評家を批評する」というエッセイで、自説を厚かましいもの、自分でもよく理解できないものだ、と述べた。）

エリオットの理論的考え方は、しかし、彼の創作の副産物であったし、当時のイギリスにおける素人っぽい文芸批評や、古典を過去性の中に置いて眺めようとするアカデミズムへの批判となっていて、若いアカデミックな批評家に大きな刺激となったことは事実である。そして、作品を作者の個性、自伝的要素、歴史的・時代的背景、政治的・社会的イデオロギーなどから独立した、自律的・客観的な言葉の世界として眺めようとする所謂「新批評」（New Criticism）の流行の推進力にもなった。

伝統観　エリオットの歴史感覚は「非個性」の主張と表裏の関係にあるが、彼は、この感覚こそが二五歳を過ぎても詩人として留まろうと考える人にとって必須の条件であるとした。彼によれば、ホメロス以降三千年の文学を同時に存在するものとして認識し、すべての文学作品が「同時的秩序をつくっていること」を感得する——つまり、歴史家が考えるような歴史的・時間的感覚と同時に、非歴史的・非時間的な感覚を持つことが作家を「伝統」的にするというのである。このような伝統観・歴史観は、エリオットがハーヴァード時代に研究した文化人類学や仏教に淵源を求めることが可能であろう。

「伝統と個人の才能」より九年前のパウンドの『ロマンスの精神』に、「エルサレムでは夜明けだが、〈ヘラクレスの柱〉（ジブラルタル海峡）は真夜中の闇に包まれている。あらゆる時代は同時代である」という言葉があるが、これはエリオットの歴史感覚と全く同じことを述べている。ともかく、エリオットの伝統論は、『四つの四重奏』の「リトル・ギディング」に現れる複号幽霊に体現されている。

このような歴史感覚、またこの感覚に裏打ちされた伝統観は、アルゼンチンの詩人・小説家・批評家ホルヘ・ルイス・ボルヘス（一八九九〜一九八六）が書いたものに実を結んでいると言えるであろうし、脱構築批評の分野で有名なたとえばハロルド・ブルームの批評活動にも影を落としている。こうした著名な人たちの他に、エリオットは詩人＝批評家として、多くの批評家＝詩人が輩出する際の影の助産婦の働きをしたことになる。

客観的相関物《オブジエクテイヴ・コレラテイヴ》

外的事実に対する情緒のフォーミュラ

エリオットはこの批評用語を「ハムレット」論（一九一九）で用いている。（この用語はそもそもは、あるアメリカの画家が使ったものであることを、エリオットは後になって発見したらしい。）「芸術の形で情緒《エモーシヨン》を表現する唯一の方法は、『客観的相関物』を発見すること、すなわち、その特定の情緒の定則《フオーミユラ》となるような一組みの事物《オブジエクト》、ある情況、出来事の連鎖を発見することである。外的事実……が与えられたとき、情緒が直ちに喚起されるようなフォーミュラを発見することである」と彼は述べた。彼は、シェイクスピアが『ハムレット』においてこの「客観的相関物」を発見できず、芸術の「非個性」を達成できないでいる、と考えたが、エリオット自身、「創造する心」（シェイクスピア）と「苦悩する人間」（ハムレット）を切り離せなかった、と批判されている。

エリオットに向けられるもう一つの批判は、彼が無意識の心の持つ創造的な面を取り逃がしているという点である。さらに、作家というものは、表現したいと願う特定の情緒は創作行為においてのみ発見できるということが考えられるだけでなく、そのようにして発見された情緒は、元の情緒と同じものかどうかという、実に微妙な、明確に説明できない問題が考えられる。ともかく、エリオット自身、この用語が有名になったことに驚いた、と後になって認めている。

感受性の分裂

「思想をバラの香りのように」

「感受性の分裂」は、「形而上詩人」（一九二一）で使った言葉である。一七世紀の詩人たち（いわゆる「形而上詩人」）はどんな種類の経験も貪り食うことのできる感受性のメカニズムを持っていたが、ミルトンやドライデンの場合になると、感受性の分裂が生じて、その後は回復していないし、一九世紀になるとテニスンやブラウニングといった詩人は、一七世紀詩人のように、自分の「思想をバラの香りのようにすぐさま感じる」ということができなくなった――彼らは内省的な詩人である、と批判した。

エリオットは、感受性の分裂という病気は、詩人の心の中の「思考」と「感情」という二つの部分が分離し、創作に知的作用を採り入れることができなくなったことに起因しており、ジョン・ダンの場合のような感受性の統一が崩壊したのだ、と説明したのである。そして「現代詩人」の作品は、異質なものを融和することを心掛けるべきであるとしたが、彼自身の作品『荒地』が異質な要素を熔接・融和していると考えれば、「感受性の分離」という理論は、彼自身の創作にとって都合のよい考え方を反映していることになるだろう。

感受性の統一は想像力という言葉で置き換えることが可能であり、エリオットが高く買わなかったロマン派の詩人、たとえばP・B・シェリー（一七九二〜一八二二）は、「詩の擁護」において、想像力の積極的な働きを重視している。また、エリオット自身、一九三一年頃にはすでに、ジョン・ダンの中にさえ、感受性の分裂を見届けているが、一九四七年になると、この問題に再度言及し、もっと一般的な形で、「このようなこと〔感受性の分裂〕は事実起こったのであり……それはピューリタン革命（一六四二〜四九）と関係があったし……その原因はイギリスのみならずヨーロッパに求めなければならない」と、自分の教養を確認した。しかし、批評家フランク・カーモードは『ロマンティック・イメージ』（一九五七）において、エリオットのこうしたコンセプトが「歴史的に全く無用である」と述べている。

エリオットの文芸理論はそれなりの欠陥を抱えているが、その理論が創作実践と組み合わさって、特にアメリカで大きな影響を与えたことは事実である。たとえば第二次大戦後に世に出た、アメリカの「桂冠詩人」と目されたことのあるリチャード・ウィルバー（一九二一〜）は、ウィットと典雅を備えた知的な詩を書いたし、ロバート・ロウエルは『荒地』に潜んでいるような個人的狂気とアメリカ社会の疾病をないまぜにして、あてこすりの多い難解かつ迫力に満ちた詩を書いた。二人とも、詩風はそれぞれ違うが、エリオットと「新批評」がなかったら、違った詩人になったかも知れない。

T・S・エリオット年譜

西暦	年齢	年譜	参考事項
一六七〇		T・S・エリオットの祖先、アンドルー・エリオット、イングランド、サマセット州イースト・コウカーから米国マサチューセッツに移住。	パスカル『瞑想録《パンセ》』
一八三四		祖父ウィリアム・グリーンリーフ・エリオット（牧師）、マサチューセッツ州からミズーリ州セントルイスへ移住。	
一八八八		九月二六日、T・S・エリオット、セントルイスで誕生。父はヘンリー・ウェア・エリオット、母はシャーロット（旧姓スターンズ）。第七子（末子）。	ホイットマン『全詩集と散文』（一八八八〜八九）、マシュー・アーノルド『批評論集』
一八九〇	2		ウィリアム・ジェイムズ『心理学原理』、エミリー・ディキンスン『詩集』。最初の摩天楼がセントルイスに建てられる。
一八九二	4		詩人エドナ・セント・ヴィンセント・

一八九三	5		ミレー誕生。コナン・ドイル『シャーロック・ホウムズの冒険』。詩人テニスン卿、ホイットマン歿。
一八九四	6		詩人イェイツ『ケルト的薄明』、F・H・ブラッドレー『外観とリアリティー』。フォード車誕生、シカゴ世界博。キプリング『ジャングル・ブック』。パリでドレフュス事件発生。フランスで反ユダヤ主義活発となる。ウォルター・ペイター歿。
一八九五	7		H・G・ウェルズ『タイム・マシーン』、内村鑑三 *How I Became a Christian*（明治二八年）。
一八九六	8	父がマサチューセッツ州の漁港グロスターの海の近くにサマー・ハウスを建てる。翌年から、エリオット家はここへ避暑に出掛けるようになる。	詩人A・E・ハウスマン『シュロップシャーの若者』
一八九八	10	セントルイスのスミス・アカデミーに入学（一九〇五年まで在学）。この年まで三年または四年間、幼稚園と小学校を兼ねたロックウッド・スクールへ通う。	トマス・ハーディー『ウェセックス詩篇』。ルイス・キャロル歿。

一九〇二	14		E・A・ポー『全集』、ウィリアム・ジェイムズ『さまざまな宗教的経験』。日英同盟（〜一九二一年）。
一九〇三	15		ライト兄弟による最初の飛行機が飛ぶ。
一九〇四	16		ヘンリー・ジェイムズ『黄金の盃』。日露戦争（〜一九〇五）
一九〇五	17	『スミス・アカデミー記録』に初めての詩を発表。成績優秀。この秋ハーヴァード大学へ進学できるはずであったが、彼の健康を気にする両親は一年遅らせて、ボストン郊外のミルトン・アカデミーに転校（この学校はハーヴァードの予備校的学校）。	フランスで教会と国家の分離。
一九〇六	18	六月末、ハーヴァードに入学。在学中、アーヴィング・バビット教授の影響を受け、仏教に関心を抱く。	サンフランシスコ地震。夏目漱石『坊ちゃん』（明治三九年）。
一九〇七	19		ヘンリー・アダムズ『ヘンリー・アダムズの教育』。
一九〇八	20	アーサー・シモンズ『文学における象徴主義運動』（一八九九）を読み、影響を受ける。	
一九〇九	21	ハーヴァードの雑誌『ハーヴァード・アドヴォケッ	エズラ・パウンド『仮面』。フォード

		ト』に詩篇、「ノクターン」「ユモレスク」「憂鬱」「ラ・フィリア・ケ・ピアンジェ」（歎く乙女）」などを発表（一九一〇年まで）。	社モデルTの大量生産開始。
一九一〇	22	ハーヴァードで修士号取得。一〇月にヨーロッパへ渡航。一九一一年までパリに滞在中、ソルボンヌ大学でベルクソンの講義に出席。この間、八月にミュンヘンを訪れる。	マーク・トゥエイン歿。イゴール・ストラヴィンスキー「火の鳥」、石川啄木『一握の砂』（明治四三年）。
一九一一	23	秋にハーヴァードへ戻り、哲学専攻の博士課程に入学。ブラッドレーに関する論文に取り組む。	ルパート・ブルック『詩篇』
一九一二	24		『ポエトリー』（シカゴ）創刊。イギリスで詞華集『ジョージ王朝詩』刊行開始。
一九一三	25	六月、イギリスの観念論哲学者F・H・ブラッドレーの『外観とリアリティー』に遭遇。博士課程に在学中、姉崎正治の仏教に関する講義に出席。	ロバート・フロスト詩集『少年の意志』、D・H・ロレンス小説『息子たちと恋人たち』、ストラヴィンスキー「春の祭典」。
一九一四	26	奨学生として渡欧、オックスフォード大学に入る前、ドイツのマールブルク大学で研究。八月にマートン・コレッジ（オックスフォード）に到着。アリ	第一次世界大戦勃発。イェイツ詩集『責任』、雑誌『エゴイスト』創刊。パナマ運河開通。

一九一五	27	ストテレスを研究するかたわら、ブラッドレーの『外観とリアリティー』を研究。ロンドンでパウンドに会う。六月二六日にヴィヴィエン・ハイ＝ウッドと結婚。ハイ・ワイコム・グラマースクールで教鞭をとる。『ブラースト』誌にイギリスで初めての詩を発表（「プレリューズ」「風の夜のラプソディー」）。講演と書評の仕事を開始。翌年にかけて「アポリナックス氏」その他の諷刺的詩篇を執筆。「J・アルフレッド・プルーフロックの恋歌」を『ポエトリー』誌に発表。	D・H・ロレンス小説『虹』、パウンド詩『キャセイ』（李白の詩の英訳）。『イマジスト詩人』。
一九一六	28	ハイゲイト・ジュニア・スクールで教壇に立つ。博士論文完成、但しハーヴァードでの口述試験を受けなかったため博士号を放棄。	パウンド詩『ルストラ』、カール・サンドバーグ『シカゴ詩篇』、ジェイムズ・ジョイス小説『青年としての芸術家の肖像』。ヘンリー・ジェイムズ歿。
一九一七	29	三月にロイズ銀行に勤務。六月に『エゴイスト』誌の編集助手。詩集『プルーフロックその他の観察』を発表。「スウィーニー」詩篇、フランス語の詩篇を一九一九年までの間に執筆。	四月にアメリカは大戦に参加。ロシア革命。T・E・ヒューム、エドワード・トマス歿。イェイツ詩『クール湖の白鳥』、萩原朔太郎『月に吠える』。ロバート・ロウエル誕生。

一九一八	30	夏に再度入隊の志願をするが、心臓頻拍のため軍務には不適格と判断される。	第一次大戦終結。イギリスの詩人ウィルフレッド・オウエン戦死。
一九一九	31	一月に父死亡。『詩集』、評論「伝統と個人の才能」及び「ハムレット」論を発表。詩篇「ゲロンチョン」を執筆。	ヴェルサイユ条約。
一九二〇	32	『アラ・ヴォス・プレック』及び評論集『聖なる森』発表。夏にウィンダム・ルイスとブルターニュを旅行、パリでジョイスを訪問。この頃から『荒地』を執筆。	パウンド詩『ヒュー・セルウィン・モーバリー』、ヴァレリー「海辺の墓」。国際連盟設立。
一九二一	33	ストラヴィンスキーの「春の祭典」を聴き、感銘を受ける。神経衰弱。母シャーロット、訪英。マーゲイト、ローザンヌ（スイス）で療養しながら『荒地』執筆。評論『形而上詩人』を発表。	アメリカは移民を制限する。
一九二二	34	『荒地』を『クライティリオン』誌第一号（一〇月）に、続いて『ダイアル』誌（一一月号）に発表。本としてのアメリカ版はリヴライト社が一二月に出版。さらに翌年九月にウルフ夫妻のホガース・プレスも出版。本として出版する際、自注を付す。	ジョイス『ユリシーズ』。イタリアでムッソリーニ政権樹立。
一九二三	35	評論「現在における批評の機能」を発表。	W・C・ウィリアムズ詩『スプリング・アンド・オール』、D・H・ロレ

			ンス『古典アメリカ文学研究』、リルケ『ドゥイノーの悲歌』。イェイツ、ノーベル賞受賞。ドイツで大インフレイション。
一九二四	36	母、イギリスを再訪。「四人のエリザベス朝劇作家」を発表。	エミリー・ディキンスン『全詩集』、サン＝ジョン・ペルス『アナバーズ』、I・A・リチャーズ『文学批評の原理』。
一九二五	37	秋にフェイバー社に重役として入社（編集者として新しい詩人を世に送り出し続ける）。詩集『空ろな人びと』及び『詩集一九〇九―一九二五』を出版。	アドルフ・ヒットラー『わが闘争』、V・ウルフ小説『ダロウェイ夫人』、パウンド『キャントウズ』（詩章）（～一九七〇）、W・C・ウィリアムズ『イン・ジ・アメリカン・グレイン』、F・スコット・フィッツジェラルド小説『偉大なギャッツビー』。
一九二六	38	一月から三月までケンブリッジ大学でクラーク記念講演「一七世紀の形而上詩人」（未発表）を行う。この頃からランスロット・アンドルーズに関するエッセイを発表（『ランスロット・アンドルーズのために』と題して一九二八年に出版）。	ヘミングウェイ小説「陽はまた昇る」。イギリスでゼネラル・ストライキ。大西洋横断無線電話。

一九二七	39	六月二九日、英国国教に入信。詩篇「東方の三博士の旅」を発表。一一月、評論「シェイクスピアとセネカのストイシズム」発表。	プルースト小説『失われた時を求めて』完成。
一九二八	40	評論集『ランスロット・アンドルーズのために』を出版。	イェイツ詩『塔』。坪内逍遙『シェイクスピア全集』完成（昭和三年）。トーキー映画。最初のミッキー・マウス漫画。イギリスで女性の投票権が認められる。トマス・ハーディー歿。
一九二九	41	評論「ダンテ」と詩篇「アニミュラ（小さな魂）」を発表。九月に母シャーロット死亡。	フォークナー小説『響きと怒り』、ヘミングウェイ小説『武器よさらば』。ウォール街で株の暴落、世界中で不況拡がる。
一九三〇	42	ボードレールに関するエッセイ、詩集『聖灰水曜日』、詩篇「マリーナ」を発表。	W・H・オーデン『詩篇』、ウィンダム・ルイス小説『神の類人猿』、ハート・クレイン詩『橋』、ウィリアム・エンプスン批評書『曖昧性の七つの型』。ジョン・メイスフィールド、桂冠詩人となる。D・H・ロレンス歿。
一九三一	43	『ランベス会議の感想』	エドマンド・ウィルスン批評書『アクセルの城』

一九三二	44	『エッセイ集一九一七―一九三二』出版。一九一五年以来、一七年ぶりに初めて帰米し、ハーヴァードでチャールズ・エリオット・ノートン記念講演を行う（翌年『詩の効用と批評の効用』として出版）。ヴァージニア大学でペイジ＝バーバー記念講演を行う（一九三四年に『異神を求めて』として出版――その後、再版を拒否）。劇的断片「闘技士スウィーニー」執筆。	オールダス・ハックスレー『すばらしい新世界』、マイケル・ロバーツ編『新署名』。ハート・クレイン歿。
一九三三	45	妻ヴィヴィエンと別居の法律手続きを取る。	ヒットラー、ドイツ首相に就任。ローズヴェルト大統領、ニュー・ディール政策を導入。アインシュタインその他、アメリカへ移住、小林多喜二虐殺。スペンダー『詩篇』、西脇順三郎『アムバルワリア』、イェイツ『全詩集』。
一九三四	46	『岩』初演。『異神を求めて』を発表。バーント・ノートンを訪問。	ヒットラー、ドイツ総統となる。ディラン・トマス『一八篇の詩』、W・C・ウィリアムズ『全詩集一九二一―一九三一』。
一九三五	47	『寺院の殺人』初演、出版。	イタリア、エチオピアに侵攻。スペン

一九三六	48	六月、リトル・ギディングを訪問。『コレクテッド・ポーエムズ――一九〇九―一九三五』出版（初版六千部）、これには『四つの四重奏』に含まれることになる「バーント・ノートン」を収録。『一族再会』執筆開始。	ダー『破壊的要素』、芥川賞創設。スペイン内戦（一九三九年まで続く）。エドワード八世即位、（王妃選定事情のため退位）、ジョージ六世即位（〜一九五二）。
一九三七	49	八月にイースト・コウカーを訪問（エリオットの祖先がアメリカへ旅立った場所）。	クリストファー・コードウェル評論『幻想と現実』。ジュリアン・ベル、コードウェル、スペイン内戦で戦死。
一九三八	50		イェイツ『自伝』。非米活動調査委員会設置。
一九三九	51	三月、『一族再会』初演、出版。『おとぼけおじさんの猫行状記』出版。一七年間編集を続けた『クライティリオン』誌廃刊。三月、ケンブリッジ大学コーパス・クリスティ・コレッジで講演（『キリスト教社会の理念』として出版）。	ドイツのポーランド侵攻、第二次世界大戦勃発。ジョイス『フィネガンの徹夜祭』、スタインベック小説『怒りの葡萄』。イェイツ歿。ペニシリン開発。
一九四〇	52	イースターに「イースト・コウカー」発表（一万二千部ほど売れる）。空襲開始でロンドン郊外の村、シャムリー・グリーンへ引越して、ロンドンへ通勤。空襲に備えて防火見張りの仕事を始める。教区	チャーチル内閣成立。パリ陥落。ロンドンにナチス空軍の電撃空襲（九月七日から翌年五月まで夜間のロンドンを空爆）。なお、七月一〇日から一〇月

		委員を務めていたケンジントン地区でも防火見張りをする。	三〇日まで、バトル・オヴ・ブリテンと称される昼間のイギリス上空での大空中戦がオーバーラップする。トロツキー暗殺。F・スコット・フィッツジェラルド歿。
一九四一	53	二月「ドライ・サルヴェイジズ」発表。	ドイツ、ロシアに侵攻。日本、真珠湾攻撃。アメリカ、参戦。オーデン詩『新年の手紙』、ジョン・クロウ・ランサム『新批評』。ベルクソン歿。ジョイス、ウルフ歿。
一九四二	54	一〇月、「リトル・ギディング」発表。これによって四篇の連続詩が完成（『四つの四重奏』）。	アメリカ軍機、東京に投爆。萩原朔太郎歿。
一九四三	55	『四つの四重奏』出版（イギリス版は一九四四年）。	イタリア降伏。
一九四四	56	「批評家及び詩人としてのジョンスン」と「古典とは何か」を発表。	アメリカ、日本空爆開始、連合軍ノルマンディーに上陸。オーデン詩『しばしの間』。
一九四五	57	五月、パリで講演「詩の社会的機能」を行う。大戦に勝利してもエリオットの世界観は明るくなかった。科学技術の発達にバーバリズム（野蛮性）を視ていたからである。	ドイツ降伏。日本に原爆投下、日本降伏。国際連合設立。五月に、パウンドは反米活動により逮捕され、ピサ近くに監禁される。

一九四六	58	テムズ河畔を見渡すカーライル・マンションズの一隅に居を構える。（友人ジョン・ヘイワードも同じ建物に住んでいた。）七月、ワシントン郊外のセント・エリザベス病院にパウンドを見舞う。	ディラン・トマス詩『死と入口』、エリザベス・ビショップ詩『北と南』、ジョン・ハーシー『ヒロシマ』、ロバート・ロウエル詩『懈怠卿の城』、J・P・サルトル『実存主義とユマニスム』。
一九四七	59	一月二二日、妻ヴィヴィエン・エリオット死亡。ハーヴァードより名誉学位授与。生来のヘルニアの手術を受ける。	インド独立。アンドレ・ジッド、ノーベル賞受賞。英詩人エドマンド・ブランデン、文化使節として来日。幸田露伴歿。
一九四八	60	一月、メリット勲位受賞、一一月ノーベル賞受賞。一一月、『文化の定義のための覚え書』出版。評論「ポーからヴァレリーへ」を発表。	チェコスロバキア、ポーランド、ハンガリーで共産党政権樹立。トランジスターの発明。オーデン詩『不安の時代』、パウンド『ピサン・キャントウズ』（ピサ詩章）、アレン・テイト『詩の限界について』、ノーマン・メイラー『裸者と死者』。
一九四九	61	八月、エディンバラ芸術祭で『カクテル・パーティー』初演（出版は翌年）。一〇月、ドイツのハンブルクで「キリスト教社会の理念」を講演。	NATO 同盟設置

一九五〇	62	一月、『カクテル・パーティー』ニューヨークで上演。『タイム』誌（三月六日号）のカバー・ストーリーになる。	朝鮮戦争勃発。ジョージ・オーウェル歿。
一九五一	63	評論「詩と劇」「ウェルギリウスとキリスト教世界」を発表。『エッセイ選集』第二版。心臓発作を起こす。この頃から健康状態は概して不良。	日米安保条約調印。原民喜自殺。
一九五二	64	『カクテル・パーティー』TV放映。ある学者が『荒地』に関してエリオットの同性愛的解釈を示唆。	ディラン・トマス『全詩集』
一九五三	65	八月、エディンバラで『秘書』初演（翌年出版）。一一月、講演「詩の三つの声」。	スターリン、ディラン・トマス、ユージーン・オニール歿。朝鮮休戦協定調印。ローゼンバーグ夫妻、原子力スパイ容疑で処刑。
一九五四	66	ハンザ同盟ゲーテ賞受賞。ハンブルク大学でゲーテに関する講演（翌年「賢者としてのゲーテ」として発表）。	ヘミングウェイ、ノーベル賞授賞。テネシー・ウィリアムズ劇『熱いトタン屋根の上の猫』、ウィリアム・ゴールディング小説『蝿の王』、カミングズ『詩集一九二三―一九五四』、ウォレス・スティーヴンズ『全詩集』、日本の現代詩人会編『死の灰詩集』。
一九五五	67		ベケット「ゴドーを待ちながら」（英

			語版）英国初演。ウォレス・スティーヴンズ歿。
一九五六	68	四月、ミネソタ大学で「批評のフロンティア」を講演。	ジョン・オズボーン劇『怒りをこめて振り返れ』上演。エドウィン・ミュア詩『エデンに片足を入れて』、リチャード・ウィルバー詩『この世のもの』、ジョン・ベリマン詩『ブラッドストリート夫人讃歌』、アレン・ギンズバーグ『吠えるその他の詩』、三島由紀夫小説『金閣寺』。
一九五七	69	一月一〇日、秘書ヴァレリー・フレッチャーと結婚。エリオット六八歳、ヴァレリー三〇歳。『詩と詩人について』出版。	ソ連、最初の宇宙衛星打ち上げ。ヨーロッパ経済共同体（EEC）設立。チャタレー裁判最終判定。第二九回国際ペン大会東京で開催。
一九五八	70	八月、エディンバラで『老政治家』初演。ずっと、健康は勝れなかったが、この頃から晩年の落着きと幸福感が出てくる。	ハロルド・ピンター劇『誕生日パーティー』、ジャック・ケルアック小説『ダルマ放浪者』、セオドア・レトケ詩『風のための言葉』。アメリカ、初の人工衛星打ち上げ。
一九五九	71	保養先の北アフリカでロンドン図書館のための資金	ロバート・ロウエル詩『人生研究』、

一九六〇	72	援助として『荒地』を清書した際、四〇年近く前ヴィヴィエンの主張で削られた一行を加筆。暮れにジャマイカへ旅行。	スノッドグラス詩『心の針』。ハワイ、五〇番目の州となる。ケネディー、大統領に選出される。日米間に新安保条約調印。
一九六一	73	リーズ大学で「批評家を批評する」を講演。一一月、アメリカへ旅行。	ヘミングウェイ、C・G・ユンク歿。ベルリンの壁構築（一九八九年崩壊）。ソ連、人間衛星打ち上げ。アメリカ、対キューバ国交断絶。
一九六二	74	ジョージ・ハーバートに関する評論を執筆。一二月に倒れる。	アメリカ、ヴェトナム内戦へ直接介入開始。キューバ危機。e・e・カミングズ歿。
一九六三	75	一一月末に最後の訪米、ストラヴィンスキーと会う。『コレクテッド・ポーエムズ――一九〇九―一九六二』出版。合衆国自由勲賞授与。	ケネディー大統領暗殺。アメリカで黒人市民権獲得のデモ拡がる。W・C・ウィリアムズ、ロバート・フロスト、オールダス・ハックスレー、シルヴィア・プラス、セオドア・レトケ歿。
一九六四	76	一〇月、自宅で倒れる。『F・H・ブラッドレーの哲学における認識と経験』を出版。	黒人指導者マーティン・ルーサー・キング・ジュニア、ノーベル平和賞受賞。ヴェトナム戦争拡大。ジョン・ベリマン詩『七七の夢の歌』。イーディ

一九六五	76	一月四日死亡。灰は四月にイースト・コウカーのセント・マイケル教会に埋められる。	ス・スィットウェル歿。チャーチル歿。Ｒ・Ｐ・ブラックマー、ランダル・ジャレル、パウル・ティリッヒ、谷崎潤一郎歿。
一九七一		未亡人の編集で『荒地』原稿版出版。	
一九八一		『おとぼけおじさんの猫行状記』がロックミュージカル「キャッツ」の台本となり、ロンドン、ニューヨーク、東京などで上演され、大人気を博す。	
一九八八		生誕百年を記念して各地で講演会などが開催される。未亡人の編集によるエリオット『書簡集』第一巻が出版。『タイムズ文芸付録』で翌年までエリオットの「反ユダヤ性」その他の問題をめぐって論争を含む記事が掲載される。	

参考文献

エリオットの詩と評論

A　邦訳作品

『エリオット全集』I〜V巻、訳者代表・深瀬基寛――中央公論社　一九六〇
（第I巻――詩、第II巻――劇、第III巻――詩論・詩劇論、第IV巻――詩人論、第V巻――文化論）
『エリオット選集』（五巻）、吉田健一・平井正穂他訳――弥生書房　一九五九
『イェイツ・オーデン・エリオット』（世界文学大系第七一巻）平井正穂・高松雄一編
――筑摩書房　一九七五
『エリオット詩集』上田保・鍵谷幸信訳――思潮社　一九六五
『T・S・エリオット・四つの四重奏』二宮尊道――南雲堂　一九五八、六六

B　原詩・注釈・訳詩

『荒地・ゲロンチョン』福田陸太郎・森山泰夫編注――大修館書店　一九六七、七二
『「灰の水曜日」研究』福田陸太郎・森山泰夫共著――文化評論出版　一九七二
『四つの四重奏曲』森山泰夫注解――大修館書店　一九八〇
『T・S・エリオット』川崎寿彦編著――山口書店　一九八一
T.S.Eliot, *The Complete Poems and Plays*, Faber and Faber, 1969
T.S.Eliot, *Selected Essays*, Faber and Faber, 1951
T.S.Eliot, *The Idea of a Christian Society and Other Writings*, with an Introduction by David

L.Edwards, Faber and Faber, 1982

T.S.Eliot, *After Stange Gods*, Faber and Faber, 1934

The Letters of T.S.Eliot, Vol.I,1898—1922, ed.Valerie Eliot, Faber and Faber, 1988

The Waste Land（A Facsimile Edition）, ed. Valerie Eliot, Faber and Faber, 1971

エリオットの伝記・研究書

Peter Ackroyd, *T.S.Eliot*, Simon and Schuster, N.Y., 1984

（邦訳——『T・S・エリオット』武谷紀久雄訳——みすず書房　一九八八

Stephen Spender, *Eliot*, Fontana/Collins, 1975

（邦訳——『エリオット伝』和田旦訳——みすず書房　一九七九

＊右の訳書は『エリオット伝』という表題であるが、伝記を加味しながらも、エリオットの詩・散文の評論である。

『T・S・エリオット』ノースロップ・フライ　遠藤光訳——清水弘文堂　一九八一

＊右の訳書の巻末には七一頁にのぼる詳細な書誌が掲載されている。

『エリオット』（「20世紀英米文学案内18」）平井正穂編——研究社　一九六七

Lyndall Gordon, *Eliot's Early Years*, Oxford U.P., 1977

Lyndall Gordon, *Eliot's New Life*, Oxford U.P., 1989

B.C.Southam, *A Student's Guide to The Selected Poems of T.S.Eliot*（4th Edition）, Faber and Faber, 1981

T.S.Eliot : The Man and His Work, ed.Allen Tate, A Delta Book, 1966

Bernard Bergonzi, *T.S.Eliot*（2nd Edition）, Macmillan, 1978

Ronald Tamplin, *A Preface to T.S.Eliot*, Longman, 1987
Christopher Ricks, *T.S.Eliot and Prejudice*, Faber and Faber, 1988
F.B.Pinion, *A T.S.Eliot Companion*, Macmillan, 1989
Eloise K.Hay, *T.S.Eliot's Negative Way*, Harvard U.P., 1982
Jeffrey M.Perl, *Skepticism and Modern Enmity—Before and After Eliot*, Johns Hopkins U.P., 1989
John T.Mayer, *T.S.Eliot's Silent Voices*, Oxford U.P., 1989

その他

Contemporary Literary Criticism, *Vol.55*（"*T.S.Eliot Centenary*"）, Gale Research Inc., 1989
DLB Yearbook 1988（"*T.S.Eliot Centennial:The Return of Old Possum*"）, Gale Research Inc., 1989
『スペンダー評論集』S・スペンダー著、福田陸太郎・徳永暢三訳——英潮社　一九六八
『イギリスとアメリカ——愛憎の関係』S・スペンダー著、徳永暢三訳——研究社　一九七六
『英文学再見』J・カーカップ著、徳永暢三編訳——大修館書店　一九八〇

『文学』（「T・S・エリオットを読む——モダニズムの現在」）一九八九年四月号　岩波書店
Dante, *The Divine Comedy*, trans. C.H.Sisson, Carcanet New Press, 1980
『神曲』ダンテ　竹友藻風訳——河出書房　一九五二
『ダンテ』（世界文学大系6）　野上素一訳——筑摩書房　一九六二
『神曲』（3巻—地獄編、煉獄編、天国編）ダンテ　寿岳文章訳——集英社　一九八八
聖書（日本聖書協会、一九七八）
『明治詩人集㈠』（明治文学全集60）矢野峰人編——筑摩書房　一九七二

さくいん

【あ行】

【か行】

【ま・や行】

【ら・わ行】

T・S・エリオット■人と思想102　　定価はカバーに表示

1992年２月10日　第１刷発行©
2014年９月10日　新装版第１刷発行©
2018年２月15日　新装版第２刷発行

・著　者 ……………………………… 徳永《とくなが》　暢三《しょうぞう》
・発行者 ……………………………… 野村久一郎
・印刷所 ……………………… 法規書籍印刷株式会社
・発行所 ……………………… 株式会社　清水書院

〒102-0072　東京都千代田区飯田橋3-11-6
Tel・03(5213)7151～7
振替口座・00130-3-5283
http://www.shimizushoin.co.jp

検印省略
落丁本・乱丁本は
おとりかえします。

CenturyBooks

Printed in Japan
ISBN978-4-389-42102-1

CenturyBooks

清水書院の〝センチュリーブックス〟発刊のことば

近年の科学技術の発達は、まことに目覚ましいものがあります。月世界への旅行も、近い将来のこととして、夢ではなくなりました。しかし、一方、人間性は疎外され、文化も、商品化されようとしていることも、否定できません。

いま、人間性の回復をはかり、先人の遺した偉大な文化を継承して、高貴な精神の城を守り、明日への創造に資することは、今世紀に生きる私たちの、重大な責務であると信じます。

私たちがここに、「センチュリーブックス」を刊行いたしますのは、人間形成期にある学生・生徒の諸君、職場にある若い世代に精神の糧を提供し、この責任の一端を果したいためであります。

ここに読者諸氏の豊かな人間性を讃えつつご愛読を願います。

一九六七年

SHIMIZU SHOIN